青少年经典阅读书系〔名师解读〕
QINGSHAONIAN JINGDIAN YUEDU SHUXI

NIERSI QI'E
LÜXINGJI

尼尔斯骑鹅旅行记

【一段让人啼笑皆非的恶作剧】

〔瑞典〕塞尔玛·拉格洛芙◎著

《青少年经典阅读书系》编委会◎主编

首都师范大学出版社
CAPITAL NORMAL UNIVERSITY PRESS

图书在版编目（CIP）数据

尼尔斯骑鹅旅行记/《青少年经典阅读书系》编委会主编.—北京：首都师范大学出版社,2011.11(2023年10月重印)

（青少年经典阅读书系.科幻系列）

ISBN 978-7-5656-0537-6

Ⅰ.①尼… Ⅱ.①青… Ⅲ.①童话–瑞典–近代

Ⅳ.①I532.88

中国版本图书馆 CIP 数据核字（2011）第 222646 号

尼尔斯骑鹅旅行记

《青少年经典阅读书系》编委会　主编

策划编辑　李佳健

首都师范大学出版社出版发行

地　　址　北京西三环北路 105 号

邮　　编　100048

电　　话　68418523（总编室）　68418521（发行部）

网　　址　www.cnupn.com.cn

印　　厂　汇昌印刷（天津）有限公司

经　　销　全国新华书店发行

版　　次　2012 年 7 月第 1 版

印　　次　2023 年 10 月第 5 次印刷

书　　号　978-7-5656-0537-6

开　　本　710mm×1000mm　1/16

印　　张　10.5

字　　数　113 千

定　　价　26.00 元

总　序

Total order

　　被称为经典的作品是人类精神宝库中最灿烂的部分，是经过岁月的磨砺及时间的检验而沉淀下来的宝贵文化遗产，凝结着人类的睿智与哲思。在滔滔的历史长河里，大浪淘沙，能够留存下来的必然是精华中的精华，是闪闪发光的黄金。在浩瀚的书海中如何才能找到我们所渴望的精华——那些闪闪发光的黄金呢？唯一的办法，我想那就是去阅读经典了！

　　说起文学经典的教育和影响，我们每个人都会立刻想起我们读过的许许多多优秀的作品——那些童话、诗歌、小说、散文等，会立刻想起我们阅读时的那种美好的精神享受的过程，那种完全沉浸其中、受着作品的感染，与作品中的人物，或者有时就是与作者一起欢笑、一起悲哭、一起激愤、一起评判。读过之后，还要长时间地想着，想着……这个过程其实就是我们接受文学经典的熏陶感染的过程，接受文学教育的过程。每一部优秀的传世经典作品的背后，都站着一位杰出的人，都有一个高尚的灵魂。经常地接受他们的教育，同他们对话，他们对社会与对人生的睿智的思考、对美的不懈的追求，怎么会不点点滴滴地渗透到我们的心灵，渗透到我们的思想和感情里呢！巴金先生说："读书是在别人思想的帮助下，建立自己的思想。""品读经典似饮清露，鉴赏圣书如含甘饴。"这些话说得多么恰当，这些感

总 序
Total order

受多么美好啊！让我们展开双臂、敞开心灵，去和那些高尚的灵魂、不朽的作品去对话，交流吧，一个吸收了优秀的多元文化滋养的人，才能做到营养均衡，才能成为精神上最丰富、最健康的人。这样的人，才能有眼光，才能不怕挫折，才能一往无前，因而才有可能走在队伍的前列。

"首师经典阅读书系"给了我们一把打开智慧之门的钥匙，会让我们结识世界上许许多多优秀的作家作品，会让这个世界的许多秘密在我们面前一览无余地展开，会让我们更好地去感悟时间的纵深和历史的厚重。

来吧！让我们一起品读"经典"！

国家教育部中小学继续教育教材评审专家
中国教育学会中学语文教学专业委员会秘书长 苏立康

丛书编委会

丛书策划　李佳健
　　　　　王　安
主　　编　李佳健
副主编　张　蕾
编　　委（排名不分先后）
　　　　　张　蕾　李佳健　安晓东　王　晶　高　欢
　　　　　徐　可　李广顺　刘　朔　欧阳丽　李秀芹
　　　　　朱秀梅　王亚翠　赵　蕾　黄秀燕　王　宁
　　　　　邱大曼　李艳玲　孙光继　李海芸

阅 读 导 航

　　塞尔玛·拉格洛芙（1858—1940），瑞典著名女作家，1909 年诺贝尔文学奖获得者。

　　1858 年 11 月 20 日，拉格洛芙出生在瑞典中部韦姆兰省的莫尔巴卡庄园，出生后不久，她的左脚就不幸残废了，此后她总是坐在椅子上听祖母、姑妈和其他许多人讲故事。七岁以后，拉格洛芙开始了大量阅读，书籍给她病残的身体带来莫大的精神安慰。同时，也激发了她从事写作的欲望，而家乡的风俗传统及当地的民间传说和故事也极大地影响了她在文学艺术方面的早期创作。1891 年，她的第一部作品《贝林的故事》就是以强烈的怀旧感记录了庄园传统和生活习惯，抒发了自己的恋乡之情。

　　1894 年和 1899 年，她分别出版了两本短篇小说集，后来，又陆续出版了《假基督的奇迹》《一座贵族庄园的传说》《孔阿海拉皇后》《耶路撒冷》等书。

　　1904 年夏，拉格洛芙开始跋山涉水到瑞典各地考察，为写一本"关于瑞典的、适合孩子们在学校阅读的书……一本富有教益、严肃认真和没有一句假话的书"做准备。1906 至 1907 年，《尼尔斯骑鹅旅行记》被作为历史、地理教科书出版。这部童话巨著使她成为蜚声世界的文豪，赢得了与丹麦童话作家安徒生齐名的声誉。她在国内外的地位和声望也不断提高，1907 年 5 月，拉格洛芙当选为瑞典乌普萨拉大学荣誉博士，1909 年获诺贝尔文学奖；1914 年当选为瑞典学院院士，挪威、芬兰、比利时和法国等国家还把本国最高勋章授予她。

《尼尔斯骑鹅旅行记》作为塞尔玛·拉格洛芙的经典之作，故事性强，情节环环相扣，引人入胜，文笔通俗优美，很适合青少年读者群的口味。书中的主人公尼尔斯是个懒散、不爱学习的孩子，他贪吃贪睡贪玩，不喜欢读书，父母亲为此伤透了脑筋。后来，他得罪了藏在家里的小狐仙，小狐仙把他变成了拇指大的小人儿，并使他具有了与动物交流的能力。在他骑着家中的白鹅跟大雁飞行的途中，尼尔斯目睹了动物之间的恶战，观看了一年一度的鹤舞表演，还看到了一座海底城堡，了解到了祖国的山山水水，并且和大雁建立了深厚的友情，同时也明白了许多做人的道理。他一路上帮助了许多小动物，做了不少好事，小狐仙看到这一切，原谅了尼尔斯，将他变回原形，尼尔斯回到家中，与父母亲一起过上了幸福的生活。

由于生动的情节与奇特的冒险经历，《尼尔斯骑鹅旅行记》自出版以来就受到小读者们的欢迎，它伴随着一代又一代的孩子度过了他们那充满幻想的童年。

第一章

尼尔斯不守信用，没有按约定放跑小狐仙，
结果，他被小狐仙变成了拇指大的小人儿。

尼尔斯今年十四岁，是个普通人家的男孩子，瘦高个儿，淡黄头发，跟其他调皮的小男孩一样，贪吃贪睡，不爱读书，常常喜欢搞些恶作剧来捉弄别人。他的父母亲为此操了不少心。

他们每个星期都要上教堂做礼拜，祈祷主让他们的日子过得好些，特别是希望儿子尼尔斯能够有出息，不再那么淘气，不再让他们伤脑筋。

父母刚出门，尼尔斯就美滋滋地想："这一下该多走运啊，爸爸妈妈都出去了，在这一两个钟头里我想干什么就能干什么，我可以把爸爸的鸟枪拿下来，放它一枪也不会有人来管我了。"

不过，爸爸似乎猜着了尼尔斯的心思。在他刚刚一脚踏在门槛上，马上就要往外走的时候，他忽然停下了脚步，扭过身来盯着一旁窃喜的尼尔斯，仿佛已经知道了儿子的鬼心思，于是爸爸返回来，走到尼尔斯面前，把脸朝着男孩。

"既然你不愿意跟我和妈妈一起上教堂去，"他说道，"那么我想，你起码要在家里念念福音书。你能做到吗?"

"行啊,"尼尔斯答应说,"我做得到的。"其实,他心里在想,反正我乐意念多少就念多少呗。

千叮咛万嘱咐的爸爸和妈妈总算走了,望着他们远去的背影,尼尔斯长长地出了一口气:"唉,终于自由了!"

其实,尼尔斯内心是理解父母的艰辛的,也知道爸爸妈妈对他的殷切期望。

家里穷,爸爸和妈妈只好都到财主家打工,但那也得省吃俭用才行。要不,苦日子会没个头的。尼尔斯记得,五年前,他们家刚由北方搬来南方、住进这个小村庄时,只养着一头小猪。现在,家里已经有一头大猪、两头小奶牛、三只鸡,还有几只鹅,爸爸和妈妈总算没有白辛苦。

尼尔斯不傻,他心里明镜似的,那就是爸爸和妈妈对他绝没有一点儿放心的时候。一看见尼尔斯干活儿慢慢悠悠、挑肥拣瘦的,爸爸的气就不打一处来。尼尔斯脾气不好,打猪骂鸡、欺负邻居小朋友都是常有的事,妈妈知道了也总是特别难过。

"要不,就叫爸爸和妈妈少操点儿心……"尼尔斯在门口站了一会儿,自言自语道,"还是复习吧!"于是,他拿了一本书,在椅子上坐了下来。一开始还算不错,可等念到第四页的时候,讨厌的瞌睡虫就来了。尼尔斯怎么努力也坚持不下去了,眼前的字已是一片模糊,"要不,我先睡会儿。"他自言自语着,头往椅子背上一歪,就睡着了。

尼尔斯不知道自己睡了多长时间,忽然被身后发出来的窸窸窣窣的轻微响声惊醒了。

　　在他面前的窗台上放着一面小镜子，他一抬头，恰好从镜子里看到令他奇怪的一幕：平时，妈妈用来装宝贝的箱子盖开了。

　　这是怎么回事呢？尼尔斯不明白，妈妈今天出门以前，不是跟往常一样，把箱子盖盖得好好的吗？再说只有他一个人留在家里，妈妈也决不会让那口箱子开着就走的。

　　"准是有小偷儿，"这个念头在尼尔斯脑子里忽地一闪，他害怕得要命，生怕有个小偷儿溜进了屋里。他一动也不敢动，安安分分地坐在椅子上，两只眼睛直愣愣地盯住那面镜子。

　　又过了会儿，差不多是三五分钟，仍然没有什么动静。尼尔斯壮着胆子站起身，走到箱子旁边，他实在想弄明白到底发生了什么事。

　　说时迟，那时快。他一眼就看见，在箱子边上，有个小黑影，那是什么？难道是传说中的小狐仙？尼尔斯并没有见过小狐仙，他只是听说小狐仙是恩怨分明的，就是有恩报恩，有仇报仇，决不含糊，是个惹不起的小精灵。他恍惚记得，很多年前，一个叫阿诗玛的大婶救过一个小狐仙，此后，每天早晨，她只要一打开家门，就能在门口捡到一根火柴杆大小的金条。再后来，阿诗玛大婶就成了大财主。听说的事，谁能肯定是真的呢！

　　可这确确实实是个小狐仙，你看他一本正经地坐在箱子上——小胳膊，小腿儿，人身子，狐狸脸。就是站起来，也就一巴掌多高。他长着一张苍老多皱的脸，但是脸上却没有一根胡须。他穿着黑颜色的长外套、齐膝的短裤，头上戴着帽檐很宽的黑色礼帽。总之，他浑身的打扮非常讲究，上衣的领口和袖口上都缀着白色挑纱花边，鞋上的系带和吊袜带都打成蝴蝶结。他刚刚从箱子里取出一件绣花衬衣，为那精致的做工深深地吸引，压根儿没有发觉尼尔斯已经醒来了。

　　尼尔斯看到小狐仙，非常惊奇，但是并不特别害怕——面对那么小的东西他是不会感到害怕的。

　　尼尔斯看他沉迷在观赏中，心想，趁此机会捉弄他一下，一定十分有趣。

　　但是尼尔斯还是有些害怕的，他不敢用双手去碰他，他环顾四周，想找到一样家伙来戳戳那个小狐仙。他把目光从沙发床移到折叠桌子，再从折叠桌子移到炉灶。他看了看炉灶旁边架子上放着的锅子、咖啡壶、水壶，还有碗柜里的勺子、刀叉和盘碟等，又看了看他爸爸挂在墙上的那支鸟枪，还有窗台上开满花朵的天竺葵和吊挂海棠。最后，他的目光落到挂在窗框上的一个旧纱罩上。

　　他一把把那个旧纱罩摘下来，蹿过去，一下就把贴着箱子边缘的小狐仙扣住了。

　　连尼尔斯自己都感到不可思议，怎么这么走运，他还没有明白自己是怎样动手的，那个小狐仙就被他生擒了。那个可怜的家伙趴在旧纱罩底部，脑袋朝下，再也无法爬出来了。

　　"哈哈哈，小狐仙，你美呀，你的花衣裳呢，哈哈哈！"尼尔斯开心死了，他笑得肚子都疼了，笑出了眼泪。

　　这时传来一个微弱的声音："尼尔斯，请你放了我，我在你们家待了整整五年，从没做过坏事。我知道你们家日子并不好过，就经常在你妈妈的这个箱子里放上小金条，接济你们过日子。也许你还不知道，你们家的大白鹅，就是你最喜欢的那只，就是你妈妈用我悄悄放在箱子里的金子买的。我说的可都是真话。尼尔斯，我求求你，求你快放了我吧！"

　　小狐仙边说边哭，后来还抽搭上了。要是换了别人，兴许就叫小狐仙走了。可是现在不是别人，而是尼尔斯。他按住小狐仙，准备照着自己原来的想法，把他丢到箱子里去。

小狐仙见状不妙，急忙许下诺言："尼尔斯，你放了我，我自由了，会做你的朋友。我每天会给你送礼物，我一向说到做到，决不会骗你的。明天，我就送给你一个银勺子、一枚巨大的金币什么的。"

谁会拒绝这么诱人的条件呢？难道传说都是真的吗？他也会像传说中的阿诗玛大婶那样幸运吗？尼尔斯虽然半信半疑，但他一向经受不住诱惑，于是，他松了手，把旧纱罩抬起，对着小狐仙恐吓道："小狐仙，你要是说话不算数，我再见到你时，就摔死你。你自己爬出来吧！"

可是，当小狐仙就要爬到旧纱罩的边上时，一个更坏的念头在尼尔斯的脑子里出现了："我今天如果抓住他，这小东西就要永远听我的话，什么银勺子、大金币，全不在话下。我要什么，他敢不给吗？唉，我真傻，差一点儿上了小狐仙的当，居然要放跑他！"

"小狐仙，别怪我，我怎么舍得就让你这样跑了呢！万一你背叛我怎么办？"

于是，尼尔斯决定扣下手中的旧纱罩，"叭！"刚扣下旧纱罩，尼尔斯脸上就重重地挨了一巴掌。瞬间，他感觉脑袋好像被炸成了许多碎块。感觉撞到这堵墙上还没站稳，紧接着又撞到另一堵墙上，最后他摔倒在地上晕了过去。

尼尔斯醒来的时候，屋子里只剩下他一人，刚才那个小狐仙已经逃得无影无踪了。纱罩被放回了原处，箱子盖也合得好好的，要不是脸上火辣辣地疼，他还真以为刚才发生的一切是一场梦呢！

现在，尼尔斯的手和脚都能动了，他试着站了起来。尼尔斯朝桌子挪去。突然，他发现了一个十分奇异的景象，房子似乎比以前大了，桌子和椅子好像也大了，他要想看到桌子上那本《讲道集》，得爬到椅子的扶手上才行！如果想看清书上的内容就必须得爬到书上了！

"天哪！这到底是怎么一回事？难道是小狐仙对整个屋子都施过了妖术？"尼尔斯一边喃喃自语，一边抬起头来。

突然，他又惊讶地大叫了一声，原来镜子里出现了一个跟他穿戴一模一样的小人儿。他揪头发，小人儿也揪头发；他把两只手放在一起，小人儿也把两只手放在一起。不论他做什么，小人儿都跟着做什么！

尼尔斯惊讶万分，他围着镜子跑了几圈，可是，没有发现镜子后面有任何不对劲儿的地方。这时，他才明白过来，这小人儿不是别人，正是他自己！

"天哪！肯定是小狐仙使的坏，你敢报复我，看我不收拾你才怪呢！"尼尔斯跺着脚，气急败坏地喊道，"小狐仙，我要收拾你，你快给我滚出来！"

小狐仙没有出来，尼尔斯气呼呼站在椅子旁边，目光又落到对面的镜子那儿。真气人，他从镜子里看到椅子旁边又站着个小狐仙。和上次那个不同的是，这个小狐仙比上次那个又小了许多，充其量也不过拇指那么高。

"不，我不是在找你，不是！"这一回，他的声音在颤，心里一阵阵发慌，他让左一个右一个的小狐仙给搞蒙了。

尼尔斯又朝镜子里看了几眼，没错，椅子旁边的的确确有一个跟大拇指一般高的小狐仙。淡黄色的头发，瘦瘦的身子，瘦瘦的脸，浅蓝色的背心，深蓝色的羊皮背带裤，旧翻毛皮鞋，半蓝不蓝的袜子，不好看，但也算不上很难看。

再仔细看看，那小狐仙的长相、打扮竟然跟自己一模一样！尼尔斯揪了揪自己的头发，晃了晃身子，在椅子旁走来走去。"怎么回事？那个小狐仙的一举一动怎么都跟我一样呢？"

尼尔斯转过脸，去椅子后边看看，他想找到这个跟自己什么都一样的小狐仙。失望得很，他什么也没找到，因为本来就什么也没有。

尼尔斯又转过脸，再看镜子里边，他又看到了那个小狐仙。"你讨厌，讨厌！"尼尔斯喊叫的同时猛地明白过来：镜子里的那个拇指大的小狐仙，不是别人，正是他自己。想到这儿，尼尔斯吓出了一身冷汗，瘫倒在了椅子的旁边。

这一定是小狐仙施的妖法。根本不是房子什么的变大了，而是它把我变小了，要恢复原形，只有去找小狐仙。找到小狐仙，同他讲和，低声下气地请求他，求他把我变回去。想到这里，尼尔斯害怕极了。他不敢想象爸爸妈妈从教堂回来见到他这副模样会吓成什么样，更不敢想象如何去面对学校里的老师和同学，因为明天就是星期一，是必须要去上学的！

想要尽快变回自己，唯一的办法就是赶快找到小狐仙，让他除去加在自己身上的魔法，不管小狐仙提出什么要求，他都会满足他！尼尔斯非常后悔自己得罪了小狐仙。这也是他有生以来第一次尝到了后悔的滋味。

尼尔斯打定了主意，擦了擦脸上的冷汗，支撑着硬站起来，继续寻找小狐仙。可是他找遍了整幢房子的每个角落，甚至连装在箱子里的衣服都一一掏出来抖搂开了，仍然没有小狐仙的影子。

"小狐仙，你在哪儿？你快出来吧，我不跟你闹了，我要变回去。"尼尔斯坐在椅子角儿上，伤心地哭了。他边哭边许愿："小狐仙，我错了，我对不起你。我不该说话不算数，我不该捉弄你，你快出来吧，把我变回去吧。以后我好好念书，认真干活儿，保证谁也不欺负了……"

不管尼尔斯多么着急，也不管他做了多少次保证，小狐仙就是小狐仙，他有他的道理，没到时候他决不会出来。

为了变回原来的自己，尼尔斯决定到院子里再找找小狐仙。他刚一出门，一只跳来跳去的小麻雀立刻用力冲着下面叫喊："叽，叽，叽，快来瞧，快来看，尼尔斯成了个小不点儿，真不知道羞耻。叽，叽，叽，快来瞧，快来看。"

尼尔斯家里的三只鸡听到麻雀的叫喊，纷纷转过头来，朝门口这边看。这下可乱了套了。

那只大芦花公鸡立刻发表了意见："活该，谁让他一见到我就扯我的冠子呢！看，到现在我的冠子还肿得厚厚的呢！一碰就疼得要命，喔，喔，喔。"

两只老母鸡也不甘示弱，争着抢着说："咕，咕，咕，该，真活该，谁让他不学好，摔了我们的鸡蛋呢！要不是因为这个，我们早儿女成群了！咕，咕，咕。"

尼尔斯走下台阶的时候，大白鹅莫顿也从栅栏的小空儿里挤出来了，他扭着身子到了尼尔斯对面，吃惊地问："是谁把你变这么小了？谁？真逗啊，你自己都不知道？这真是有点儿意思，还有这么大点儿的小人儿。"

由于尼尔斯平时总是喜欢捉弄家里的小动物，现在他变成了袖珍人，家禽们非但不同情他，反而都幸灾乐祸地嘲笑他。

尼尔斯既恼怒又有些新奇，他发现自己居然能听懂麻雀、鸡、鹅的话了，也就是说自己能够和动物交谈了。这对于尼尔斯来说也算一件好事吧！

尽管这样可他仍然高兴不起来，他待在那儿，想："我能听懂动物的语言，肯定是小狐仙捣的鬼，怎样才能找到小狐仙呢？也许我可以向猫咪打听一下小狐仙的下落，他的信息是最灵通的。"

于是，尼尔斯在房檐下边找到了正在那儿晒太阳的猫咪。他一改往日的无理与粗俗，满脸堆笑地问："亲爱的猫咪，我知道你对咱们家里的每一个地方都非常熟悉。小狐仙那会儿跟我闹着玩儿，把我变成现在这个样子了。你看，我多可怜，请你帮帮忙，要是你知道他在哪儿，就毫不隐瞒地告诉我吧。我想求他把我变回去。"

"喵，喵，喵。"听了尼尔斯的话，猫咪不紧不慢地回答，"我知道小狐仙跑哪儿去了，也知道他住在哪儿，可是，我就是不想告诉你。因为你昨天刚用脚狠狠地踩了我的尾巴，现在一摇晃还痛得很呐。要找小狐仙了，你知道来找我，早干什么去了？你这个厚脸皮，我懒得理你。"

听了猫咪的这番话，尼尔斯不再希望能从他嘴里打听到什么了。他说："糟糕，都是我以前太调皮了，总欺负你们，根本没有想到你们的感受，难怪你们都很恨我。你不愿意帮助我，只好算了。我自己再去找找别人吧。"尼尔斯边说边朝牛棚去了。

尼尔斯刚走近牛棚，就听见里面一片"哞，哞，哞"的喧闹声，小奶牛黑花叫道："快看呀，太棒了，尼尔斯变成了小狐仙，真有意思！"

"哞，哞，哞。"另一头小奶牛白花也看到了，说，"他变得比小狐仙还小，这真是报应。谁让他一个人在家时，总忘了给我们添草料，饿得我们肚子乱叫！"

尼尔斯本来还打算到猪圈去向大猪打听一下小狐仙的去处，现在看来，实在是没有这个必要了。按照刚才的经验来看，大猪即使知道小狐仙的下落也肯定不会告诉他。因为有一次尼尔斯喂他时，故意把猪食倒在了他的头上，迷了他的眼睛，甚至淌到了他的耳朵里，大猪一定怀恨在心，何必再自找没趣呢？

就这样，转了一圈的尼尔斯最后还是灰溜溜地返回了屋子里。"没有谁会帮助我了，我是变不回原来的样子了。我只有永远永远地待在屋子里，什么时候都不能出去，做一辈子小狐仙了！"爸爸和妈妈马上就要回来了，我该怎么办？

想到这儿，尼尔斯又一次伤心地哭起来。

尼尔斯正想阻止大白鹅莫顿去旅行时，却被白鹅带上了空中。

尼尔斯躲在屋子里哭啊、哭啊，一直哭到手抽筋了，腿发抖了，两只眼睛也都又红又肿了，却依然不见小狐仙的踪影。他不禁感到浑身发冷，屋子里也变得特别冷清。他担心再这样待下去，自己就要病倒了。病倒了又怎么样？即使要死了，也是不能去请大夫给他看病的，自己现在变成了小狐仙。出去非把人吓坏了不可。

想到这里，尼尔斯已经心灰意冷了，他六神无主地走到窗口向外张望。他甚至在心里不停地祈求主快点儿可怜他、庇护他，他非常后悔自己平时没有跟父母一起去教堂，要是平时就听父母的话，信主的福音，说不定主真的会来帮助他呢！

天气真好，阳光灿烂。可尼尔斯却没有心思去看，他走到了窗台外边滴水檐下，一屁股坐在了石板上，两只手抱住膝盖，开始晒起太阳来。这样可以暖和一些。由于他个子太小了，鸡和鹅都忙自己的事，猫睡着了，麻雀飞走了，没有谁注意到他，也就没有谁再取笑他了。

阳光照在身上暖洋洋的，尼尔斯抬起头，正看见成群结队的候鸟排着"一"字飞往北方。他心想："这排成'一'字的是什么鸟？我怎么想不起来了，哦，是大雁，对了，是大雁。都怪那可恶的小狐仙，气得我连大雁都差点儿不认识了。"这时尼尔斯还隐隐约约地听到他们在喊什么："加把劲儿，往前飞，飞过高山，飞向北边……"

当大雁们在奋力地向前飞翔的时候，院子里的鹅正慢慢吞吞地迈着方步，于是他们朝地面俯冲下来，齐声呼唤道："跟我们一起来吧！跟我们一起来吧！一起飞向高山！"

家鹅禁不住仰起了头看了看空中的大雁。可是他们想了想却理智地回答说："我们的日子过得很好！我们的日子过得很好！"

听了大雁的邀请，家鹅中的莫顿还真有些心动："如果再有大雁飞过来，再邀请我，我就跟他们一起去。我早就想去，只是没找到合适的伴儿。"

又是一群大雁飞过来了，他们照样呼唤。这时候莫顿就回答说："等一下，等一下，我来啦！"他张开两只翅膀，扑向空中。但是由于他不经常飞行，飞了没两下又跌了下来，摔在地面上。

大雁们大概听见了他的叫喊，他们掉转身体，慢慢地飞回来，看看他是不是真的要跟上来。

"等一下，等一下。"他叫道，又做了一次新的尝试。

尼尔斯听明白了他们的对话。"啊哟，如果这只大雄鹅飞走的话，那该是多么大的损失呀，"他想道，"爸爸妈妈从教堂里回来，一看大雄鹅不见了，他们一定会非常着急的。"

这时他忘记了自己已经变成小狐仙，一下子从墙上跳了下来，伸开双臂紧紧抱住了雄鹅的脖颈。不料就在这一瞬间，雄鹅刚好弄明白了应该怎样做才能使自己腾空而起。他来不及停下来把尼尔斯从身上抖掉，就带着他一起飞到了空中。

猛然上升到空中，尼尔斯感到头晕目眩。等到他意识到应该松开雄鹅的脖子的时候，他早已身在高空了。如果这时候他再松开手，必定会摔得粉身碎骨。

要想舒服一点儿，只有爬到鹅背上去。于是，尼尔斯费了九牛二虎之力，终于爬了上去。为了能在这不断上下扇动的翅膀之间坐稳，他不得不用两只手牢牢地抓住雄鹅的羽毛，免得滑落下去。

尼尔斯起初感到天旋地转。一阵强风吹来，呛得他差一点儿就要背过气去。再后来，他又担心时间长了双手抓不住鹅毛，掉到地上。于是他找准了时机，趁莫顿飞得稍微慢了一点儿的时候，先蹬腿，后倒手，奋力爬上了莫顿的脖子，骑着莫顿，开始了在空中的旅行。

继续飞了一会儿，尼尔斯慢慢地习惯了。因为大雁们为了照顾新的旅伴，飞得并不高，速度也不快。

尼尔斯勉强朝地面上瞄了一眼。他觉得在自己的身下，铺着一块很大很大的布，上面分布着数目众多的大大小小的方格子。有些方格是斜方形的，有的是长方形的，每块方格都棱角分明。

"我究竟来到了什么地方啊？这大方格子布究竟是什么呢？"尼尔斯自言自语道。

这时，在他身边飞翔的大雁马上齐声叫道："耕地和牧场，耕地和牧场。"

尼尔斯恍然大悟，原来，那块大方格子布就是斯康耐的平坦大地。那些碧绿色的方格子，是去年秋天播种的黑麦田；那些灰黄色的方格子是去年夏天庄稼收割后残留着茬根的田地；那些褐色的是老苜蓿地；而那些黑色的是还没有长出草来的牧场……在这一片大地上飞行，是多么有趣的事儿啊！尼尔斯渐渐不那么难受了。大雁们接着唱起歌来，尼尔斯想，这也许是大雁们的欢迎仪式吧！

尼尔斯注意到当别的鸟群飞近时，他们很讲礼貌，尼尔斯甚至还听到了他们的相互问候声："喂！是你们哪，大雁，你们也飞过来啦！"

"对！是我们，喂，你们都好吗？"

"我们很好，谢谢你们，祝你们旅途平安、愉快！"

尼尔斯非常惭愧，以前自己调皮、不讲礼貌，连只鸟都不如。

长时间飞行后，莫顿的体力开始有些支持不住了。他和尼尔斯渐渐地被大雁甩在了后头。尼尔斯见到这种情形，非常担忧莫顿。

旁边的大雁看到莫顿快不行了，便向雁群首领阿咔汇报了几次，但阿咔并未理会，因为她根本不打算把一只家鹅带到拉普兰去。后来，一只飞在后边的大雁回过头来，看了一眼莫顿，发现他非常疲惫，就着急地朝前边呼喊："喂！阿咔，新来的伙伴大白鹅要掉队了，有什么办法没有哇？"

"快告诉他，快飞比慢飞省力，让他快点儿飞吧！"

终于，在阿咔和她手下的正确指导下，莫顿鼓足了干劲儿，以超出平常的勇气和毅力，坚持跟在大雁的队伍后边，飞了一程又一程，没再掉队。

"坚持就是成功！"尼尔斯从心里为莫顿高兴。

太阳落山之前，雁群带着莫顿和尼尔斯降落在湖边一块不小的空地上。为什么非得在太阳落山前降落？尼尔斯后来才弄明白，因为对大雁来说，在黑夜里飞行是有危险的。

"看起来，我们要和大雁一起在这个地方过夜了。"尼尔斯从莫顿身上跳了下来，他又略带忧伤地说，"爸爸和妈妈现在该回家了，也不知道他们找没找我们？"尼尔斯见莫顿没回答，又问道，"莫顿，你累吗？"

可是莫顿还是什么也没有说。至于那一群大雁，她们看不见尼尔斯，尼尔斯也看不见她们，因为莫顿夹在了她们中间，挡住了彼此的视线。

莫顿为什么一句话也没说？原来他一降落下来就瘫倒在地上，顾不得其他了。他紧紧闭着眼睛，呼吸细微。

"莫顿，莫顿，你到底怎么了？你站起来，试着喝点儿水，也许会好受些，这里离湖很近的。"尼尔斯焦急地询问大白鹅，他知道莫顿肯定是累坏了。

尼尔斯太害怕了，他害怕莫顿会因为劳累过度、旅行不适而离开他。那怎么行呢，在这个时候莫顿可是他唯一的依靠哇！就算只是为了自己着想，他也要照顾好莫顿，他得把他唤醒。

"哎呀，怎么回事？怎么听不见大雁们的声音了？"尼尔斯往边上走了走，朝那边望了望，不知道从什么时候开始，大雁们都在湖水中心洗上澡了。但尼尔斯个儿太小了，无论他挥手还是朝着大雁们叫喊，都没有一点儿用。

"有了，我不是穿着背心吗，还是全棉的，吸水力肯定强，我可以把它脱下来，到湖边蘸上水，拿回来给莫顿挤点儿喝，也许莫顿就有救了。"尼尔斯边想边跑，边跑边脱下了背心，他跑到湖边把背心上蘸满了水，又捧着湿背心回到莫顿眼前，顺着莫顿的大扁嘴的缝儿，用力一挤，一滴又一滴的水落入了莫顿的嘴里。尼尔斯不记得自己跑了多少趟，也记不清用背心蘸了多少次水，更不知道一共滴到莫顿嘴里有多少滴。

最后，尼尔斯看到莫顿的喉结动了一下，"啊，莫顿把水咽了下去，真是太好啦！"尼尔斯心里别提有多高兴啦！

喝了水以后，又过了一会儿，莫顿终于醒来了。他一眼就看到守在自己身边的尼尔斯，看到他穿着的湿背心，他什么都明白了，他一字一顿地说："谢谢，谢谢你！"

"先别谢，你跟我走，慢着点儿，到湖边再喝点儿水去，那样你就会完全好了。"在尼尔斯的引导下，莫顿慢慢挪到湖边，把脑袋伸进湖里，扁嘴一铲一铲地又喝起了水。喝够了，身体舒服多了，尼尔斯又提议让他到湖里洗个澡，把身上的臭汗洗掉，莫顿乖乖地听了他的话……

为了不让尼尔斯一个人在湖边待得太久，莫顿只是简单地洗了洗就上来了，又开始说着道谢的话："尼尔斯，谢谢你，是你救了我的命，刚才如果不是你在这儿，一趟一趟地给我弄水喝，说不定我早没命了。谢谢你，谢谢！"

听着莫顿一连串儿说了那么多感谢的话，尼尔斯快活极了。他不知道该怎么回答，只是用手摸着脑袋傻傻地笑。莫顿认为，尼尔斯笑得非常可爱。可不是嘛！这是在这一天里，尼尔斯听到的最亲热的话，确切地说，应该是他有生以来第一次因为帮助了别人而听到的感谢的话。尼尔斯感到特别快乐，真的，这种感觉好极了！

大雁们一个一个都上了岸。从他们上岸时的闲谈中，尼尔斯和莫顿都听到了，大雁是在湖里开的饭——喝的湖水，吃的鲜鱼，搭配得正好！

莫顿和尼尔斯则吃了些尼尔斯剩在短裤兜里的几片饼干。

大雁由阿咔领着来看莫顿，他们想趁着晚上这段空闲的时间和莫顿叙谈叙谈。白天需要飞行，找不到真正聚一聚的时间。

莫顿首先做了自我介绍，大雁们都非常乐意把他当作朋友。尼尔斯在这时候也站在了大雁们对面，他又一次遇到了难堪的场面。

阿咔问莫顿："这位是谁？你还没给我们介绍呢！不客气地说，像他这样的家伙，我们还从来没有见过。"

听了阿咔的问话，尼尔斯可真不高兴！他打量了一下阿咔。她的样子跟鹅差不多，脖子和翅膀长，脚和尾巴短，只是羽毛是紫褐色的。"跟了你们大半天，你们没看见我，都是因为我是个小狐仙。真是的！"尼尔斯心里想着，"不过，我不说话，先听听莫顿的。"他不由自主地往前挪了挪。

"他是我的老朋友，来旅行之前是个放鹅的。"怕大雁不喜欢尼尔斯，莫顿又补充说："带着他一起旅行，会有好处的。"

"也许你这样的家鹅需要他，我们可不见得用得着啊！"其他大雁不以为然地说道。尼尔斯听了这话，心里更加不舒服了。

阿咔听莫顿答非所问，又说："我是想问你那家伙叫什么名字。"

莫顿听了，眨了眨眼睛，说："他有好几个名字，阿咔，你想知道哪个？"莫顿不想让大雁知道尼尔斯是人变的，没等阿咔回答，就接着说了下去："他叫拇指，跟我们的名字一样，也是两个字的。"

尼尔斯明白莫顿是真心为他着想，故意替他隐瞒身世。可是，他以前做人不诚实，因此才受到小狐仙的惩罚，这次他不想继续撒谎了，他要对大雁们说实话，来取得她们的谅解。

尼尔斯往前走了几步，离阿咔很近了他才说："阿咔，让我来告诉你们我是谁吧！我知道莫顿是为我好，但我不想隐瞒我的身世。因为我刚刚明白，在朋友面前要讲真话。我的真名叫尼尔斯·豪格尔森，是一个佃农的儿子，我在今天早上以前还是个比现在个子大得多的人。"

听了尼尔斯的话，莫顿为他担心起来了。

大雁们一听都往后退了几步，拉开打架的姿势一齐喊："嘎，嘎，嘎。"

一只大雁声音最大："从我们见到你的时候起，我就看出你是人，你是个小坏蛋……"

阿咔也生气了，她对莫顿说："莫顿，我请你马上叫他走开，我们不允许有人跟我们在一起。"

尼尔斯听阿咔叫他离开，才后悔自己的话说得不是时候，他不敢再吱声了。

"请不要让他走。"莫顿调解说，"阿咔，你们不要怕尼尔斯，他现在的的确确是个好人了。我担保，他不会伤害你们的，让他留下来吧！再说，他的爸爸妈妈还不知道他从家出来的事，也许他们会来找他，把他接回家去，那时候，不用你撵他，他就不跟我们在一起了。还有，现在黑灯瞎火的，让他一个小人儿独自回去不是太危险了吗？各位，你们说是不是啊！"

阿咔听了莫顿的话，同意让尼尔斯继续留下，其他大雁看见阿咔做了决定，也都不再说什么了。不受大雁欢迎的尼尔斯一听到叫他留下来的消息，朝着莫顿、也朝着大雁，摸着自己的脑袋，傻呵呵地笑了。

又说了一会儿闲话，大雁们选好了自己的住所，一个接着一个地睡下了。莫顿早就累了，他先卧下，然后张开了翅膀，尼尔斯怕深夜春寒袭来，难以忍受，钻进了莫顿的翅膀下，打算和莫顿一块儿睡。但尼尔斯睡不着，他特别想念爸爸妈妈，他知道爸爸妈妈晚上回家不见了儿子和大白鹅一定会伤心欲绝的，但是他不敢回家，他觉得自己变成这样子还不如不让爸爸妈妈见到的好，还是等恢复了以前的样子再回去见他们吧！

第三章

勇救阿满

狡猾多疑的狐狸经常戏弄和欺骗其他动物，但这次，他却被尼尔斯和阿咔他们狠狠地戏弄了一番……

就 这样，尼尔斯和莫顿就跟大雁们生活在了一起。

这一天，北飞了一整天后，赶在天黑以前，雁群降落在一个右边是森林、左边是平地的小岛上，他们都早早地就进入了梦乡。

然而正当大雁们甜美入睡的时候，在他们周围却潜伏着一只又狡猾又贪吃的狐狸——斯密。更令人不敢想象的是，这只可恶的狐狸成了他们日后的敌人，和他们周旋了足足半年之久。

此处属于故意预设伏笔的方式，吸引继续阅读，以一探究竟。

傍晚，大雁群刚刚落地，斯密就全部看在了眼里。他打定主意，等夜深一点儿，他要抓一只大雁当夜宵吃。他已经几天没有吃到荤菜了，现在饿得眼冒金星，多亏了这新猎物的出现，给斯密提了提神儿。

夜晚是下手的好时机，斯密从森林里溜出来，蹑手蹑脚地走到一只大雁旁边，正要下口时，脚下的鹅卵石却让他一滑，发出了声响。

　　这时，警惕性很高的阿咔听到了响声，惊叫起来，叫醒了大雁们。大家迅速拍打着翅膀，鸣叫着向高空飞去。连大白鹅莫顿都来不及驮上尼尔斯就飞到半空中去了。

一系列动词的连续使用，描述了一瞬间大家各自的动作，简明精练。

　　尼尔斯则睡得迷迷糊糊的，不知道怎么回事，只听到一阵慌乱的声响。等他睁开眼睛，发现原来是一只狐狸，他正闪电一般地咬住了慌乱中没来得及起飞的大雁阿满，拖着她的翅膀飞快地朝林子里跑去。

　　"糟了！"尼尔斯来不及多想，迅速地爬起来，朝斯密的方向追去。虽然这时候，他听到了莫顿好心的劝阻，但他已经来不及考虑自己的安危，发誓定要把阿满从斯密的口中救出来。

经历这么重大改变后的尼尔斯在危急关头总是下意识地想到帮助别人，这是和之前判若两人的。

　　夜，黑得伸手不见五指，可尼尔斯却惊奇地发现自己什么东西都能看得见，原来，他有了一双人们常提起的、跟小狐仙一样的夜视眼。可惜时间紧迫，他也没有工夫为此欢喜。

　　尼尔斯追着斯密，跑进了树林里。他要用自己的实际行动，向大雁、向阿咔表明，不论人的身材多么矮小，他的智慧和本领都很高强。他还要表明的是，他要真心地和他们交朋友。

一个从来没有过朋友的人，现在多么渴望友谊啊！

　　斯密越跑越慢，尼尔斯见离他不远了，就猛扑过去，一把拽到斯密的尾巴尖儿。

　　"坏蛋，你快放开阿满，你快放开大雁！"尼尔斯喊着，又往前一蹿，全身压在了狐狸的尾巴上边，差点儿抓住了狐狸的屁股蛋儿。

斯密知道有人压住了他的尾巴，先吃了一惊，可他回过头来一看，原来是个小不点儿，他不禁觉得好笑："这个人太小，没什么力气，他也就是喊一喊算了，能把我怎么样呢？不过，让我先来戏弄他一下。"

于是，斯密停住了，他用前爪死死地按住阿满，然后回过头来，冷笑着说："嘿，小不点儿，你是谁啊？你追过来干吗？你斗得过我吗？赶快走吧！"

尼尔斯听了，勇敢地说："坏狐狸，你不用瞧不起我，我是人，不管我多小，我都是个人。你敢放开大雁，先跟我玩玩吗？试试，看咱俩谁能赢。"别看尼尔斯现在那么矮小，但他还真有勇气，阿满此刻更加佩服他了。

说完，尼尔斯就紧紧抓住狐狸屁股根处的长毛，用脚尖钩住后边的树根，朝斯密手下的阿满瞅了瞅。这时，斯密正张大嘴巴，刚要向大雁的咽喉要处下口，尼尔斯使足了全身力气，往后一拉，斯密没有防备尼尔斯的这一手，被拉得往后退了足有一步。

"好样的，拇指！"

"阿满，快飞吧，别说啦！你快飞呀！"

"拇指，那你呢？你怎么办哪？"

"别管我，你快去找阿咔，快去呀！"

阿满听了，抬了抬被狐狸咬伤的血淋淋的翅膀，吃

为了朋友，尼尔斯已经初步具备了一定的牺牲精神。

力地飞走了。他脱离了险境，飞出了树林，寻找自己的
同伴儿去了。

　　放跑了大雁，丢了夜宵，斯密是不会善罢甘休的。
他生气地转过头来，向身后的尼尔斯咬去，他嘶吼道：
"都是你这个可恶的家伙，是你放走了大雁，让我丢了
夜宵！吃不着大雁，我这回就吃了你，看看你还跑得了
跑不了！"

狐狸的反应是气急败坏、恼羞成怒。

　　救了阿满，尼尔斯心里别提有多高兴了。这次总算
给了他展示才华的机会，让他露了一手。确切点儿说，
这是他有生以来，第二次向别人伸出了友谊之手，给了
动物们帮助，他真是太幸福了。这时，尼尔斯又傻呵呵
地笑了，但他没有去摸脑袋，因为哪一只手也松不开。
不过，他还是毫不示弱地对着斯密喊道："哼！那你就
试试吧！"

　　"小子，你别跑，你看我够得着还是够不着。"斯密
尽量伸长脖子，但还是没咬着。

　　此时的斯密呢，他一心想着要吃了这小人儿才解
气，于是，把头扭向左边，可巧，尾巴顺势甩到了右
边，尼尔斯也随之被带到了右边，斯密刚好够不着；斯
密把头转向了右边，尾巴故意跟他过不去似的又甩向了
左边，还是够不着。就这样，左边，右边；右边，左
边。咬不着尼尔斯，斯密都要气死了。

在与狐狸的战斗中，尼尔斯富有勇气和智慧。

　　甩来甩去，斯密累了。他们旁边有一棵又直又高的
小树正伸向天空，尼尔斯看好时机，猛地松开双手，一

纵身，拿出了看家的本领，"嗖"地爬上了那棵小树。一眨眼的工夫，离地面有五六丈高了。

"哎，坏狐狸，别在那儿花心思找我了，当心转晕了头。我早就不在你的尾巴上了，我在树杈上呢！"尼尔斯嘲笑斯密。

尼尔斯获得了暂时性的胜利。

"气死我了，你这个小矮子！"斯密停止了甩尾巴——他还真有点儿头晕了。他定了定神，抬头往树上看看，看到尼尔斯正坐在树分叉的地方冲着他乐呢。斯密气得鼓鼓的，连这么个小不点儿都降服不了，真是莫大的耻辱。

斯密站在树下，呆呆地，没有地方撒气。

时间一点儿一点儿过去，尼尔斯不下来，斯密也上不去，他们就这样僵持着，各自坚守着自己的阵地。斯密站累了，趴在了小树下面。

当斯密又一次抬起头看树上时，尼尔斯已经走到了树枝上，他往下一滑，双手一抓，吊在了那里。

描述了尼尔斯的活泼和顽皮可爱。

为了气斯密，尼尔斯故意悠来荡去，还旁若无人地唱起了刚上学时学到的儿歌。当然，他还加进了新内容："来呀，看哪，春天到了，桃花开了，小草也绿了……来呀，看哪，春天到了，尼尔斯在树上，坏狐狸够不着……"

斯密听了，气得直撞树。可一点儿用也没有，他还是抓不到尼尔斯。

唱够了，尼尔斯又坐在了树杈上。

又过了一会儿，小岛的上空传来了大雁的叫声，不光是大雁，对，还有鹅的叫声。尼尔斯心里盼望着他们快点儿转移，他们留在这儿没什么好处。斯密心中恨不得让他们立刻就走，这样一来他就可以专心对付尼尔斯了。

就在尼尔斯和斯密各自想着心事的时候，一群大雁排着整齐的队伍在树林上空飞行。尼尔斯见了，大声呼喊："阿咔，我在这儿，我在树上，阿咔。"可是，尼尔斯看到他们飞得那么高，想来也不会听到。尼尔斯站了起来，向他们拼命地挥手，但他们飞了过去，好像并没有看到。

清晨刚过去时，尼尔斯注意到，一只大雁飞进了树林，她在树干和树枝中间穿过，好像在寻找什么。她飞得很低很慢。尼尔斯又看到，这只大雁的翅膀有一只耷拉着。"这是阿满，她肯定是作为先锋，准是给大雁带路找我来了。"想到这儿，尼尔斯大声喊叫着："阿满，阿满，我在树上，狐狸在树下，你快飞走才好！"阿满好像没听见，仍在树林中慢慢飞着。

不光是尼尔斯看到了阿满，斯密也看到来了一只大雁，他一面盯住尼尔斯，一面快速离开那棵小树，偷偷地跑过去，又要去抓大雁。从表面上看，阿满并不躲避斯密，实际上她格外小心——斯密每接近她一点儿，她就往前飞一段，但却又总是紧挨在斯密的身边。更近了，斯密往前一蹿，却扑了个空。阿满迅速飞起，朝着小岛另一边的上空飞去。

尼尔斯的危机并未解除，但他首先担心的还是朋友们的安危。

原来大雁们是在用计谋和狡猾的狐狸斗智斗勇。

　　没有抓到阿满，斯密准备回小树那儿去，这时又飞过来一只大雁。尼尔斯看到，她飞行的样子跟阿满一模一样，只是比阿满还要慢，还要低。尼尔斯认出这是那只比较年长的大雁——领头的阿咔。他没有再喊，只是想："阿满刚走，阿咔就来了，她们这么做准是有目的的。哦，对，她们肯定是来救我的，我再也不用发愁了。"

　　跟上次一样，斯密又向这只大雁扑去。尼尔斯看到，斯密的耳朵几乎碰到阿咔的脚掌了，不料，阿咔动作飞快地"嗖"一下飞开了，接着，像影子一样，迅速消失了。她也飞向了小岛另一边的上空。

气喘吁(xū)吁：形容剧烈运动后呼吸急促，像喘不过来气一样。

　　斯密气喘吁吁地正要往回赶时，那边又飞来三只大雁，他们排着"人"字形，低低地飞到斯密跟前。斯密又跑过去捕捉他们，可目标太多了，斯密左顾右盼的，追了左边的，丢了右边的；追了右边的，左边的又跑了，追来追去，最后，三只大雁一个接一个相继离去。斯密一只也没抓着。

　　这一天对于斯密来说，真是再倒霉不过了。先是丢了夜宵，接着逼跑了猎物，最后大雁接二连三、三五成群地飞来飞去。他们总是离他很近，但就是把握不着下嘴的机会，即使有几次扑向了他们，可是每一次都不能称心如意。从昨天夜晚到现在，没能抓到一个猎物来充饥。"咳，没有比我再倒霉的了。"斯密呆呆地站在那儿，忘了自己接下来要做什么。

　　又过了很久，树林中不再有大雁飞过，渐渐地这儿特别安静了。斯密突然想起尼尔斯，想起他守候了半夜的那个猎物。于是他快速朝着那棵小树跑去。刚到树下，立即抬头寻找，那个小家伙早已无影无踪了。这时他才恍然大悟，那群大雁耍了调虎离山的计谋，趁他不在，他们救走了那个小坏蛋。

此时的斯密像泄了气的皮球，沮丧极了。

比喻句。形容内心极度失落。

这时，尼尔斯已经骑在了莫顿背上，和大雁们一直往北飞去。他边飞边无比感激地对大家说："谢谢大家救了我。"

"拇指，你不应该谢我们。"阿咔的声调中充满了威严，"要说谢的话，我们应该先谢你。要是你不去救阿满，我们就会失去一个伙伴儿。"

阿满听了，也在队伍里大声说："是啊，拇指，我以后真得好好感谢你，我一开始还指责你，拇指，真是对不起。"

阿咔和阿满的话，使尼尔斯深受感动。他感到他和莫顿生活在大雁群里，同他们到处旅游，比在家里快活多了。于是他感慨地说："跟你们在一起感觉真好。以后，爸爸和妈妈如果来找我，我也不想回去了。如果我不变高，我就永远和你们在一起。不知道你们同不同意?"大雁们听了，都抢着说："好啊，我们都欢迎你。"

尼尔斯已经开始初步领悟尊重和友谊的价值。

这次尼尔斯奋不顾身，孤身与狐狸搏斗，救出阿满，赢得了大雁的信任和感激，从此他和大雁的感情更加深厚了。

情境赏析

如果说在上一章，尼尔斯对白鹅莫顿的施救行为还只是因为内心的愧疚以及看到大雁们及其他动物友好、礼貌相处而生发的惭愧，那么现在，他对阿满的出手相救完全是下意识的，不由自主的。这和以前那个调皮、顽劣的他可是判若两人的，因为在这个时候，他如此弱小、无助的时候，他意识到了内心对获得他人尊重及友谊的强烈渴求。

名家点评

由于她作品中特有的高贵的理想主义、丰富的想象力、平易而优美的风格而获奖。

——（苏）高尔基

尼尔斯被变小整整七天了。在这短短七天里，他又两次向小动物伸出了援助之手……

就在这几天里，斯康耐平原上发生了一桩咄咄怪事。

事情是这样的，有人在维姆布湖岸上的榛树丛里逮住一只母松鼠，并把她带回了附近的一个农庄里。农庄里的大人小孩都很喜欢这只母松鼠——大大的尾巴，聪明好奇的眼睛不时地看看这里看看那里，漂亮而灵巧的小爪子让人看了就高兴。

为了让她能够快乐地在农庄生活下去，人们很快就为她修理好一个旧的松鼠笼子，笼子里面有一间漆成绿色的小屋和一个铁丝编的吊环。这间小屋有门有窗，可以作为松鼠的餐厅和卧室。大家还用树叶在房子里面铺了一张床，放进去一碗牛奶和几个榛实。那只铁丝吊环就是她的游戏室，她可以在上面跑跑跳跳、爬上爬下和打秋千。

总之，为母松鼠的安排已经尽善尽美了，可是令人们感到奇怪的是，那松鼠却不喜欢这个环境。相反，她还总是伤心地躲在小房子的角落里，不时地发出悲哀的尖叫。

"她肯定是觉得害怕啦。"一些有经验的农夫说。

"也许等明天习惯过来了，她就会又吃又玩了。"一些好心的女人说。

有一天，农庄上的女人们都在忙着烤一大批面包，也不知道是因为她们运气不好，面团没有发酵起来，还是因为她们手脚太慢，反正直到天黑，她们还在那里忙个不停。

这样一来，厨房里是一派忙忙碌碌、热热闹闹的景象，谁也没有顾得上去照顾那只母松鼠。

屋子里很热，所以门窗都开着。灯光将外面的院子照得很亮。

有个老太太因为上了年纪手脚不便，大家都没有让她去帮忙烤面包。她自己对大家的一片好意也很领情，可是没事做让她感到无聊极了。

老奶奶心里不自在，也不想上床睡觉，她独自坐在卧室的窗子前向外张望，正好看到了那只松鼠笼子，它挂在光线最明亮的地方，老奶奶于是就注意到了那只松鼠。

这时她有了奇怪的发现，她发现小松鼠不是从卧室里钻出来奔到吊环上，就是从吊环上奔回到卧室里，来来回回一时一刻也没有停过。她觉得很奇怪，为什么这个小动物如此烦躁不安，难道是灯光太亮让她睡不着吗？

就在这时，老奶奶突然发现，有个还没有手掌横过来高的小家伙，穿着木鞋和皮裤，干干净净，利利落落，就像个干活的汉子一样，慢慢地从拱门里出来，轻轻地走到院子里。

老奶奶马上明白过来那是个小狐仙，她一点儿也不觉得害怕。虽然她从来没有亲眼见到过，可是她老听人说小狐仙是住在马厩里的，而且他在哪里显灵，就会给哪里带来好运气。

只见小狐仙向松鼠笼子跑过去，可是由于笼子挂得很高，他够不到，于是他便找了一根棒子，然后就像水手攀爬缆绳一样沿着棒子爬了上去。小狐仙到了上面和小松鼠叽叽喳喳地说了半天，又从原路下来，从院子的大门跑了出去。

一会儿，小狐仙又回来了，左手右手都托着东西，他先将左手的东西放在地上，拿着右手的东西爬上去，并用脚将松鼠笼的玻璃窗子踢碎，然后将手中的东西递过去。然后，他又爬下来将地上的东西一个个送了上去。随后他马上就跑了出去。他跑得那么飞快，老奶奶的目光差点儿追不上他。

就这样，小狐仙来来回回跑了好几趟，老奶奶再也不能安安稳稳地在屋里坐下去了。她轻轻地从椅子上站起来，蹑手蹑脚地走到院子里，站在灯光的暗处等候着那个小狐仙。

时间已是夜晚，老奶奶等了很久很久，渐渐地，她有些不耐烦起来，她打算回去了。

就在她转身刚要返回屋里的时候，石板地面上传来了"吧嗒吧嗒"的响声，老奶奶抬头一看，原来是那个小狐仙又回来了，他仍像上次一样，手里不知拿着什么东西，更让人奇怪的是，那东西还会一边蠕动一边"吱吱"叫呢。

老奶奶忽地明白过来了，原来小狐仙跑到树丛里去把松鼠妈妈的孩子们找来了，他把他们送回母松鼠身边，免得他们被活活饿死。

果然小松鼠们回到了母亲的怀抱里非常开心，小狐仙在旁边看得也乐了起来。

这时老太太突然明白了母松鼠烦躁的原因。

为了不去打扰小狐仙，老奶奶站在那儿一动也不敢动，小狐仙似乎也没有看见她。当他刚要把一只幼小的松鼠放在地上，把另一只送上笼子的时候，他忽然瞅见了老奶奶，就毫不迟疑地走过去把一只小松鼠递给了她。

老奶奶很高兴小狐仙这样信任她，于是，她就弯下腰去，把幼小的松鼠接了过来，放在自己的手里，一直等到小狐仙爬上去把他手里的那一只递进了笼子里，又下来把托付给她的那一只取走。

第二天早晨，老奶奶和农庄上的人聚在一起吃早饭的时候，她再也憋不住了，便讲起了她昨天晚上亲眼看到的事情。大家都听得哈哈大笑，都觉得老太太说的不过是个梦而已，因为在这么早的季节里哪儿来的幼松鼠呢？

然而老奶奶却一再肯定她所见的事实，她叫人们跟她一起去看看那个松鼠笼子。

人们真的去看了。在松鼠卧室里树叶铺成的小床上，果然躺着四只非常可爱的幼松鼠，看样子他们出生大约有四五天了。

当农庄主人亲眼看见了那几只可爱的幼松鼠之后，他惭愧地说道："不管这究竟是怎么一回事，至少说明一点，那就是我们做了一件不太光彩的事情，我们不应该把母松鼠和她的孩子分开。"他说着就把那只母松鼠和那几只幼松鼠都掏出来，放到老奶奶的围裙里。

"你把他们送回到榛树丛里去吧，"他吩咐说，"让他们重新获得自由吧！"

人们口口相传，都认为这是一件极其奇怪的事，而我们当然知道，这个小狐仙就是尼尔斯，他在学着做好事哩！

又过了两三天，尼尔斯和大雁他们来到一片田野里，这是一片人工种植的固沙林。他们正在田地里寻找食物，忽然放哨的大雁叫了起来，原来有几个孩子向这边走来。

大雁们纷纷迅速飞走。雄鹅莫顿却因为手脚太慢而没有飞走。

孩子们一步一步地向莫顿靠近，在几个人的追赶下，莫顿终于被抓住了。

尼尔斯看在眼里，急在心里，由于自己个子太小救不了莫顿，他只有紧随其后，看看这些男孩子到底要把莫顿怎么样。

但是尼尔斯太小了，他的步子也迈得很小，赶不上男孩子的队伍，不过还算莫顿绝顶聪明，他留下了自己的羽毛当指向标，为尼尔斯引路。

莫顿的羽毛把尼尔斯带到一个城堡前，他正思考着自己该如何进去，恰好此时有二十几个年轻的男学生和他们的老师也来参观城堡，于是，聪明的尼尔斯便趁机钻进了一个学生的植物标本中，顺利平安地进入了城堡。

尼尔斯随着这些学生参观了整个城堡，但他始终没有看到莫顿的影子，他非常着急。他从植物标本中跳了出来，迈着大步在城堡里找起莫顿来。

当尼尔斯经过一幢雇工住的小屋时，他猛听得有一只鹅在里面呼叫，低头一看，只见到台阶上有一根白色的鹅毛。啊！莫顿一定在里面！

尼尔斯马上爬上台阶，奔进门廊。可是房门紧锁着。尼尔斯听到莫顿在里面苦苦地哀啼和呻吟，急得像热锅上的蚂蚁。就在这种危急的处境之中，小人儿鼓足了勇气，用出全身力气把门捶得乒乓直响。

这时一个小女孩走出来把门打开了。小人儿趁机朝屋子里一看，只见屋里有个女人正坐在地板的中央，手里紧紧地抓着莫顿，正在剪下他的翅膀，因为这样，莫顿就再也不能飞了。

尼尔斯的出现让那个女人非常吃惊，她吓得扔掉剪刀，两只手紧紧地绞在一起。

莫顿抓住这个机会，顺势叼住尼尔斯的衣服，拼命地向门口跑去。与此同时，他那长长的脖子又姿势优美地向后一扭，将尼尔斯放到了他光滑的背上。

他们就这样飞向了天空，地上只留下那个惊得目瞪口呆的女人。

因为尼尔斯成功地搭救了松鼠，又因为他勇敢地帮助了莫顿，林子里的动物们在到处传扬着尼尔斯的事迹，大雁们也越来越喜欢尼尔斯了。

只有阿咔，直到现在为止，阿咔还没有明确告诉尼尔斯让他留下，这让尼尔斯很是担心，他很害怕自己真的被大雁们丢弃——他现在这副尊容，实在没法去见父母啊！再说，他现在也越来越喜欢这个集体了，这些天，他觉得自己过得很愉快！

第五章

很久以前有人研制出一个专门捕捉灰老鼠的、烟斗似的小口哨，而今，那小口哨到了尼尔斯手里……

"好家伙，那么多的灰老鼠一齐出动。"阿楠若有所思地说，"这可不是什么好兆头。"原来大雁们飞到了一个叫格里敏的大楼附近，他们看见一群灰老鼠爬满了整个大楼的城墙，看上去非常恐怖。尼尔斯天不怕地不怕，却特别怕老鼠。原来他小的时候，曾经叫老鼠咬过一次……现在怎么能不怕呢？况且以他现在的个头儿，两只老鼠就可以吃了他。所以，当尼尔斯看到灰老鼠遮住了整个围墙时，他觉得自己的脊梁骨都冒凉气了。

大雁们也同自己一样，非常讨厌这些灰老鼠。于是，大家都不再想吃东西，聚在一块潮湿的草地上一起数落起老鼠的害处。

这时，一只羽毛很长、善于飞行的白鹤也降落到了那片潮湿的草地上。他的脖子和腿都又细又长，头顶红色，全身雪白雪白的。

阿咔见了，赶紧理顺了羽毛，迎上前去，连连鞠躬致意："爱曼里先生，你好吗？"大雁也都一个一个迎上前去和白鹤问好。

打过招呼以后，爱曼里和大家谈起了灰老鼠包围格里敏大楼这件事，他的脸上现出了哀伤的神色。

尼尔斯忙问："爱曼里先生，你是不是病了，要不你的脸色怎么这么难看呢?"

爱曼里叹了口气说："谢谢你，我没病，我是可惜今天夜里格里敏大楼就要落到灰老鼠手里了。"

大家听到话里有话，就围住他问到底是怎么回事？爱曼里就为大家讲述了下面的故事：

自从100年前斯康耐平原保卫战胜利以后，格里敏大楼就没人居住了，因为那里阴暗寒冷，人们都搬到了别处。不过这座房子却没有因此而缺少房客。每年夏天，一对白鹤都在屋檐下搭起大巢来住。黑暗的过道里，居住着蝙蝠。而在地窖里，则聚集着几百只在那里生活了一代又一代的黑老鼠。

黑老鼠是过去数量众多现在趋于灭绝的一个鼠种，使他们面临绝境的罪魁祸首不是人类，而是另一个族群——灰老鼠。

灰老鼠原本是群无立锥之地的外来户。一百多年以前，他们的祖先搭乘了一艘商船，在瑞典南部的马尔默登陆，他们没有住处，没有地盘，只好在码头底下的水桩之间跑来跑去；他们没有吃的，只好跑到排水沟和垃圾堆里，去寻找那些黑老鼠丢弃的食物来充饥。随着时间的推移，灰老鼠的数量越来越多，胆量也越来越大了。他们先是搬进了几幢被黑老鼠不屑于问津的破房子里，接着又将黑老鼠驱赶出了马尔默。

在黑老鼠还得势的时候，别的动物也曾经非常厌烦他们，因为他们过去干的坏事也不少。然而自从他们不幸落难以来，所有这些事情似乎都被忘记得干干净净了。对于这个族类中同敌人长期周旋、为保卫自己殊死战斗的最后一批黑老鼠，没有谁不由衷地敬佩。

在占领了马尔默之后，灰老鼠又化整为零，全体出动，奔赴各地，抢占黑老鼠的领地。大概是因为黑老鼠过分相信自己，根本没把灰老鼠放在眼里；要不就是黑老鼠只知道享受，使灰老鼠得以乘虚而入。总之，是灰老鼠把黑老鼠的领地一个接一个地夺了过去。

而今，在斯康耐平原上，也只有格里敏大楼还在黑老鼠手里，那是他们唯一的容身之地了！就是这样，住在格里敏大楼附近的灰老鼠们仍在虎视眈眈地监视着大楼里的黑老鼠，遇到合适的机会便要一举攻下大楼。

听到这里，阿咔有些疑惑不解地问爱曼里先生："为什么争夺格里敏大楼的战争就在今天夜里？"

"因为今天几乎所有的黑老鼠，不知什么缘故，都动身到库拉山去了！"白鹤爱曼里接着说，"灰老鼠就在附近。这会儿，他们已经集合完毕，登上了围墙，埋伏在楼下的院里，今晚必定攻下格里敏大楼。可是我已经和黑老鼠和睦相处了很多年，如今他们要遭殃，我心里还真不好受。"

"你没告诉黑老鼠这些情况吗？爱曼里先生？"阿咔问。

"没有。"白鹤说，"就是去库拉山告诉了黑老鼠，也没有用，还没等到他们赶回来，大楼就已经被灰老鼠占领了。"

"你先不要这么悲观，爱曼里先生。"阿咔说，"据我所知，有一只上了年纪的大雁，她正想努力制止这场侵略战争呢！"

"上了年纪的大雁，她是谁？喔，我猜到了，那就是你了！你能帮助黑老鼠保住家园？你有什么办法？你快告诉我！"白鹤惊喜地说。

阿咔把阿满、阿楠叫到跟前，叫他们俩带着大家飞回到维姆布湖去。大雁们听了纷纷表示抗议，阿咔威严地说："为了我们的整体利益，你们必须听我的。要是大家不肯回去，都执意到格里敏大楼去，在我们一起出动时，可能会因目标太大，引起大楼外猎户的注意，若他们开枪射击我们，那就惨了。这次去格里敏大楼，我只带一个帮手，那就是拇指，他有一双夜视眼，夜里又可以不睡觉，目标又小，不容易暴露。"

尼尔斯听到阿咔说这番话时，把腰杆挺得笔直笔直的，尽量让自己显得个子大一些。

不等尼尔斯开口说话，白鹤见了他先笑了。他迅速低下头，然后出其不意地伸长了脖子，又把嘴往下一伸，就逮住了尼尔斯，把他抛到了两三米高的空中，落下来又抛上去，一连七次，尼尔斯吓得尖叫起来。

阿满不满地喊道："爱曼里先生，你这是干什么啊？他是个人，不是个东西，你都把他的头抛晕了。"

大雁们也都生气地喊："别抛了，别抛了，再抛就没有人去帮你了!"

白鹤终于把尼尔斯放回到地下，竟然一点儿都没有伤害他。

白鹤对阿咔说："阿咔，现在我要飞回到格里敏大楼顶层上去，告诉其他的同住者，就说大雁阿咔和那个小人儿拇指要来救大家了，叫大家注意配合。"说完，白鹤张开翅膀，像离弦的箭一样飞走了。

阿咔把尼尔斯放到自己的背上，紧随白鹤出发了。

尼尔斯骑在阿咔的背上，一句话也没有说，他还在生白鹤的气呢! 他下决心要做出一番惊天动地的大事来，那样白鹤就不会戏弄他了。

到了子夜 12 点左右，灰老鼠们终于找到了一个敞开口的洞，就马上一只接一只地钻进了格里敏大楼。进去后，他们彻底放心了，因为里边连一只黑老鼠的影子都没有。他们认为黑老鼠是闻风而逃，不再抵抗了。不战而胜的灰老鼠们兴奋地朝一大堆谷子扑去，开始享用胜利果实。

不料，他们刚把几颗谷子放到嘴里，就有一个尖锐而不可抗拒的声音传到了他们的耳朵里。

灰老鼠们警惕地抬起头，他们显得心神不宁，不过，谁也没有放下嘴里的食物。

猛烈刺耳的声音再一次响起来了，这时候不可思议的咄咄怪事发生了。一只老鼠、两只老鼠，啊呀，一大群老鼠丢下了谷物，从谷物堆上蹿了下来，抄着最近的路往地窖里跑，想尽快跑出这幢房子。不过还有许许多多灰老鼠仍旧留了下来，他们盘算着，征服这幢格里敏大楼花费了九牛二虎之力，胜利来得也太不容易了，所以他们恋恋不舍，不甘心离去。

可是尖厉的声音一再催促他们，就像是催他们收兵的铜锣，他们不得不服从了。于是他们极不情愿地从谷物堆里蹿出来，顺着墙壁里面的狭窄通道一溜烟地滑了下去，他们争先恐后地往外蹿，不是你踩了我，就是我踩了你，滚成了一团。

灰老鼠们边跑边辨别着这刺耳的声音是打哪儿发出来的，当他们跑到庭院时，终于明白了，原来那声音是从一个拇指大的小人儿那儿发出来的。那小人儿站在庭院中央，正吹着一只烟斗似的小口哨，哨声特别尖锐。在他身边，已经围上了一圈又一圈神志不清的灰老鼠。在外围，还有更多更多的灰老鼠，络绎不绝地朝他这儿奔来。

小口哨为什么有这么大的魔力？尼尔斯又是怎样得到这个小口哨

的呢？阿咔在事后告诉大家，这个小口哨是画眉鸟费拉在一个教堂里发现的，当时只看到它外形很好，费拉就拿走了它，并拿它去找了有鉴赏水平的渡鸦巴塔基，最后认定这个像小烟斗一样的小口哨是那些善于捕捉灰老鼠的人制作的，它是专门用来对付灰老鼠的。

于是，画眉鸟费拉就把这只厉害的小口哨保存了下来，在这次对付灰老鼠的战斗中，阿咔又费尽力气找到了费拉，拿到了小口哨。那小口哨是由一只兽角做成的，至于它是由哪个匠人制造的，现在已经没有人知道了。总之，小口哨还真的在格里敏大楼的保卫战中派上用场了！

再说尼尔斯，他一直吹奏到所有的灰老鼠都从大楼里撤出来，又慢慢掉转身，带着这浩浩荡荡的老鼠大军，向着通往田野的大路走去了。在他的身后，所有的灰老鼠都老老实实地跟在他身后，因为那个小口哨发出的声音实在太好听了，他们根本无法抗拒。

尼尔斯不停地在他们前面吹奏着，从星光洒满大地时吹起，一直吹奏到熹微破晓，吹奏到旭日冉冉升起，大队大队的老鼠终于跟着他踏上了通往瓦尔比的路，他们离格里敏大楼也愈来愈远了。

最后，尼尔斯把老鼠们领到了树林里，在树林里把老鼠都兜得晕头转向了，尼尔斯确信他们中再没有谁能找到返回格里敏大楼的路，才停止了这漫长的演奏。

格里敏大楼保卫战就这样胜利了！就在尼尔斯将要走出树林的时候，一直跟着他的阿咔降落下来，尼尔斯一跃而起，骑在阿咔的背上，飞向画眉鸟费拉的住所，还小口哨去了。

这天夜里，尼尔斯和阿咔同住在维姆布湖边。由于吹口哨的缘故，尼尔斯的脸都肿了，他又累又困，倒头便睡了。

　　白鹤爱曼里一早就来答谢尼尔斯和阿咔，可尼尔斯已经早早起来去找吃的了，于是，爱曼里和阿咔一道去找他。

　　不一会儿，爱曼里就发现了尼尔斯，他凌空来了一个俯冲，扑下来用嘴把他叼起来带到了空中。他们三个回到维姆布湖边后，爱曼里为自己那天晚上的不礼貌行为一连向尼尔斯说了很多个"对不起"，尼尔斯感到没有比这更开心的了。

　　阿咔也对尼尔斯十分亲热，她曾好几次用脑袋蹭尼尔斯的胳膊，还赞扬了他帮助黑老鼠保住了家园的行为。她说："拇指，没想到你在格里敏大楼保卫战中表现得那么勇敢，阿满他们都要向你学习呢！"

　　面对这些，尼尔斯表现得十分谦虚，他赶忙说："不，阿咔，你告诉阿满他们千万别跟我学。也不要以为我引开灰老鼠是见义勇为，其实，我只是想向爱曼里先生表示，我能做点儿事情罢了。"

　　尼尔斯的话让爱曼里服了，他同尼尔斯结成了知心朋友。

第六章

鹤舞大会美得出奇，置身其中的尼尔斯感到目不暇接。

息了黑老鼠和灰老鼠的战争之后，尼尔斯和大雁又开始了漫长的旅行。

有一天大清早，大雁们还在维姆布湖面的浮冰上休息，忽然被空中的喧哗声惊醒了，"呱呱，呱呱，呱呱"，叫声在空中回荡。"大鹤特里拉要我们向大雁阿咔和她率领的雁群致敬。明天在库拉山举行鹤之舞表演大会，欢迎诸位光临！"

阿咔马上仰起头来回答道："谢谢并向他致意！谢谢并向他致意！我们一定去！"

鹤群呼啸而过，他们一边飞行一边对每一块田地和树林发出呼唤："鹤之舞表演大会明天在库拉山举行。大鹤特里拉欢迎诸位光临！"

看来，这个大会是动物界的一个重要节日。

大雁们听到了这个消息都很高兴。因为灰鹤的表演大会节目非常精彩，每年都会有很多动物去参加，更要紧的是，这样的舞会，每年只举办一次。

"你真是好运气，"他们对莫顿说道，"竟然可以亲眼看到鹤之舞表演大会了。"

"看灰鹤跳跳舞有那么不得了吗?"白雄鹅不解地问道。

"喔，就是你做梦也难想得出来呀。"大雁们回答说。

"我们要想周全，明天拇指该怎么办，我们到库拉山去的时候，千万不能让他发生意外。"阿卡吩咐道。

作为领头人，阿卡总是考虑周到、细致。

"拇指不能单独留在这里，"雄鹅说道，"要是灰鹤们不让他去看他们的舞蹈表演，那么我留下来陪着他好啦。"

"唉，直到如今还没有任何一个人被允许去参加库拉山的动物集会，"阿卡叹了口气说道，"所以我也就不敢把拇指带了去。不过这桩事情在今天这一整天里还可以慢慢商量，现在我们先去找点儿吃的吧!"

不能给朋友以帮助，大雁明显很失落。

于是，他们为了躲避狐狸斯密，仍旧尽量往远处飞，他们一直飞到格里敏大楼南边那片潮湿得像沼泽地一样的草地上，才降落下来寻觅食物。

整整一天，尼尔斯都闷坐在一个小池塘的岸边吹芦苇口笛。因为他心里太郁闷了，他觉得阿卡还是不够信任他，所以，他才不能去观看鹤舞大会，不过，他又不好意思向莫顿或者别的大雁张口提出这件事情。

不能获得朋友足够的信任，令尼尔斯异常郁闷，这在离家前是不可想象的。

其实，阿卡也明白尼尔斯的想法，她打心眼儿里希望尼尔斯能跟他们一起去。于是，她准备亲自去找白鹤爱曼里先生，请他允许尼尔斯一起去观看鹤舞大会。

当他们降落在爱曼里先生居住的格里敏大楼顶层时，天还没黑。

他们走进了爱曼里家的客厅，爱曼里的妻子非常热情地接待了大家。因爱曼里外出还没回来，他的妻子又跑去楼下，请来了蝙蝠的头头皮姆、黑老鼠大王阿魁，专门来陪伴着尼尔斯、莫顿和阿咔。

大家对尼尔斯有说不尽的感激话，尤其是阿魁，他不住地谢着阿咔，又不住地谢着拇指英雄，尼尔斯和阿咔在一片恭维和赞扬声中嘴都咧大了。

不久，爱曼里先生回来了，他一见到尼尔斯、阿咔和莫顿，就跟见到久别重逢的老朋友一样，高兴极了。

阿咔开门见山，问爱曼里，明天晚上是不是可以带拇指去参加鹤舞大会。

阿咔他们非常珍视友谊。

"让他去吧，我们现在完全可以相信他了。"阿咔急着说道。

"当然可以，"爱曼里说道，"为了赶跑灰老鼠，他为我们受了那么多苦累，我们应该报答他，知恩图报我们才能大吉大利。我还应当亲自驮他去呢！"

受到这样的夸奖，尼尔斯简直太高兴了！

尼尔斯以自己的真诚已经完全获得了珍贵的友谊。

阿咔也不住地点头。

"正事谈完了？"阿魁问，上楼前，他已经吩咐下去，叫黑老鼠厨师准备一桌上好的酒席，款待几位救命恩人。现在就可以下楼会餐。

　　晚宴设在了尼尔斯吹口哨引诱过灰老鼠的庭院中央。尼尔斯、莫顿和阿咔等刚一入席，负责做服务工作的小黑老鼠就排着队，一盘一盘地往桌子上摆起了好吃的东西——金黄的小米饭，喷香的红烧鱼，碧绿的小油菜，美国的威士忌……阿魁的殷勤劲儿真是没得比。

举例的说明方法，形容菜肴异常丰盛。

　　吃饱喝足后，尼尔斯就骑坐在白鹤背上向库拉山飞去。爱曼里先生是一位飞行大师，在阿咔他们拍动着翅膀笔直向前飞翔的时候，白鹤却在耍弄各种飞行技巧消遣。他时而静止不动，让身子随着气流翱翔滑行；又时而猛然向下俯冲，就好像一块石头笔直地坠向地面。尼尔斯从来没有经历过这样的飞行，一路上真是胆战心惊。

比喻，形容飞行技巧之高超。

　　他们在途中短暂停留过一次，那是阿咔飞到维姆布湖上同她的旅伴们会合，然后他们就一齐径直飞赴库拉山。

　　到了库拉山，大雁们就在给他们预留出来的那个山丘上降落下来。尼尔斯举目四顾，目光从这个山丘转向那个山丘。他看到，有一个山丘上全是七枝八杈的马鹿头上的角；而在另一个山丘上则挤满了苍鹭的颈脖。狐狸围聚的那个山丘是火红色的，海鸟群集的山丘是黑白相间的；而老鼠的那个山丘则是灰颜色的。还有的山丘上停驻着不断啼叫的黑乌鸦；有的山丘上则聚满活泼的云雀，他们接连不断地跃向空中欢快地引吭歌唱。

排比，列举了这次盛会的各大代表团，也说明了隆重、热烈的气氛。

　　依照库拉山历来的规矩，表演是以乌鸦的飞行舞开始的。

于是，乌鸦们分作两群，面对面地飞行，碰到一起后折回身去重新开始。他们就这样来来去去重复了许多遍，真是显得有些单调。许多动物都看得不胜厌烦，他们焦急地等待着下一个欢乐的节目。可乌鸦却对他们自己的表演感到非常自豪。

乌鸦刚一跳完，山兔们就连蹦带跳跑上场。他们也没有排成什么队形，有的单个表演，有的则三四只跑在一起。所有的山兔都蜷起前腿竖直身体向前跑，他们跑得飞快，长耳朵朝着各个方向摇来晃去。他们一边朝前奔跑，一边做各种各样的动作，一会儿像陀螺般地不断旋转，一会儿高高地蹦跳起来，一会儿又用前爪拍打肋骨发出"咚咚"的擂鼓声。总而言之，他们的节目毫无秩序，但表演却非常有趣，让许多动物都看得呼吸愈来愈急促，因为他们通过这个节目感受到严寒隆冬已经熬出头啦，春天就要来了，要不了多久生活就像游戏那样轻松快乐啦！

山兔们蹦蹦跳跳地退场之后，轮到松鸡们上场表演了。只见几百只色彩斑斓的红嘴松鸡跳到场地中央的一棵大榭树上，鼓起羽毛，垂下翅膀，伸长颈脖，憋足了气发出了两三声深沉浑厚的啼鸣："喔呀，喔呀，喔呀！"松鸡们统统沉浸在自己美妙的歌声之中。而这种情绪又感染了所有的动物，使他们都像喝了醇酒一般陶醉起来。

用了排比和比喻的手法，把兔子活泼灵巧的天性展现得淋漓尽致。

载歌载舞，节目还真是异常丰富。

"喔，春天就要来到啦，"各种动物都在心里呼喊，"冬天的严寒就要熬过去啦！春天的野火即将烧遍整个大地！"

黑琴鸡看到红嘴松鸡的表演这样精彩，他们也不甘示弱。他们干脆跑进游戏场地上去，齐声歌唱："咕呃呃，咕呃呃！"可惜场地上石南草长得太高了，大家看不到他们的全身，只能看到他们长着美丽尾翎的、不断晃动的尾部和宽大的嘴喙。

一句话，所有的鸟儿都已经深深陶醉在自己的歌唱之中。

松鸡的表演刚一结束，来自海克贝尔卡的马鹿开始登场献技，表演他们的角斗。有好几对马鹿同时进行角斗。他们彼此死命地用头顶撞，鹿角噼噼啪啪地敲打在一起，鹿角上的枝杈错综交叉着。他们都力图迫使对方往后倒退。地上尘土飞扬。他们嘴里"呼哧呼哧"像冒烟似的不断往外吐气，从喉咙里挤出了吓人的咆哮，泛着泡沫的唾液从嘴角流了出来。

这些能征善战的马鹿厮打在一起的时候，四周山丘上的观众都凝神屏息，寂静无声，所有的动物都迸发出新的热情。他们都感到自己是勇敢而强壮的，他们浑身充满了使不完的劲儿，他们意气风发，一个个或伸出翅膀，竖起颈翎，或磨擦脚爪，大有一决雌雄之势。倘若海克贝尔卡的马鹿继续搏斗一会儿的话，那么各个山丘上极有可能发生一场混战乱斗。

偏偏就在这个时候，马鹿恰到好处地结束了角斗表演。于是一阵阵悄声细语立即从一个山丘传到另一个山丘："现在大鹤来表演啦！"

令人期待的主角终于登场。

那些身披灰色暮云的大鸟真是美得出奇，不但翅膀上长着漂亮的翎羽，颈脖上也围了一圈朱红色的项链。他们气质高雅地从山丘上神秘地飞掠下来，旋转着身躯，半似翱翔，半似舞蹈。他们洒脱地举翅振翼，以令人不可思议的速度做出各种各样的动作。他们的舞蹈别具一格，叫所有的观众都目不暇接。

目不暇接：形容太好看了，眼睛都跟不上，看不过来了。

以前从未到过库拉山的人这一下才恍然大悟，怪不得这场游艺大会是用"鹤之舞表演大会"来命名的。他们的舞蹈蕴含着粗犷的活力，然而激起的感情却是一种美好而愉悦的憧憬。他们的舞蹈感染了所有的动物，甚至大家都想从地面腾飞，飞到无垠无际的天空去，飞到云层以外的太空去。他们都想舍弃那越来越显得笨重的躯体，快快乐乐地玩上一阵子。

一年一度的鹤之舞盛大表演就这样结束了，对每个动物来说，只要每年能有这么一天能够尽情地欢乐，就觉得开心极了。尼尔斯也和他们一样，他越来越喜欢这种自由自在的生活了。

看来，尼尔斯已经喜欢上了这种变身后的生活。

俗话说冤家路窄，狐狸斯密和大雁们两个月后又在去布莱金埃的途中碰到了一起……

大雁们和斯密谁都不敢相信，他们在分道扬镳之后，居然还会冤家路窄重新碰头。

大雁们改变了原来的路线绕道布莱金埃，而狐狸斯密也正朝着这边逃命而来。这里既没有养满麋鹿的庄园，也没有鲜嫩馋人的雏鹿，所以这几天斯密只能饿着肚子在荒山野岭里钻来钻去。

这天傍晚，斯密背着其他狐狸独自一个绕到了土丘的南面，突然，他看到一群大雁降落在自己视线内的一个土坎中，他的兴奋劲儿又上来了，他要独自享用这丰盛的晚餐，然后再回到土丘的北面去。

斯密追了过来，他趴在土坎外，偷偷观察了很长时间等待下手的时机。当他看到在土坎里的除了大雁，还有一只白鹅时，心中不禁一阵惊喜，因为他同时还看见那个小人儿也跟白鹅在一起。他想，就在今晚，他报仇的时候到了。于是，他趴在那儿，大气不出，一动不动，耐心地守候着。

天黑后不久，斯密等到小人儿、大白鹅和十三只大雁都睡着了，偷偷地溜到了土坎里，蹑手蹑脚地往前靠拢，一步，两步，三步……

到了近前，一口咬下去，咬住了一只大雁的咽喉，大雁扑打着翅膀，立刻挣扎起来。莫顿和阿卡他们慌忙当中逃到天上，连尼尔斯都没顾得上驮走。

尼尔斯也醒了，他偷偷地藏到土坎后，看到一只狐狸——就是在小岛上遇到的那只。

"他怎么也到这儿了？一定是要吃大雁阿盼。"想到这儿，尼尔斯只剩一个念头，那就是救救阿盼。他顾不了那么多了，高声喊道："不好了，坏狐狸吃大雁了，大家快来呀！"

阿卡、莫顿也都不肯离去，在土丘上空盘旋着，不住地嘎嘎叫着，叫声传到土丘北面群狐的耳朵里。

可是没有谁来救阿盼，尼尔斯都急哭了！

就在这时，尼尔斯看到几只睡不着的狐狸也由土丘北面绕到了南面，他们一齐上前，抓住了斯密，斯密不得不丢掉了已死的阿盼。他们把斯密提到了一个最后赶到的老狐狸跟前。

只见一大群狐狸把老狐狸和斯密围在中间，旁边躺着惨不忍睹的阿盼。

只听那个老狐狸说："斯密你平时总是我行我素，很是讨厌，这次吃独食，又打扰了其他狐狸的休息，破坏了夜间的宁静，由此惹恼了众狐，你知罪吗？"

斯密低着头默不作声，老狐狸又气愤地说："按照狐族的内部规矩，对斯密做如下判决——驱逐出群，离开布莱金埃区域，马上就滚！"

斯密还没起步，老狐狸又补充道："等等，为了让布莱金埃地区的狐狸都知道斯密没有居住权，我还得给他留个记号。"说着老狐狸扑向斯密，一口咬下了他的右耳朵。斯密用一只爪子捂住了鲜血淋漓的耳根，"嗷嗷"地叫着夺路而逃。

狐狸们都走远了，阿咔和莫顿才敢降落下来，分别驮上了阿盼的遗体和尼尔斯，悄无声息地离开了土丘，向前飞去。

天色微明时，大家降落在了罗耐毕河边，大雁们把阿盼的遗体放进了河里，这是大雁的族规，也就是水葬。阿咔知道，阿盼活着的时候最守规矩，他的灵魂一定会升入天堂的，他也不会怪罪伙伴们。大家悲痛不已，心里都暗暗发誓以后一定要为阿盼报仇。

第二天白天，大雁们破例没有飞行，阿咔他们找到了理想的休息地，这里前面是湍急的河水，后面是陡峭的悬崖，另外悬崖垂下来的枝蔓还可以作为屏障，看上去非常安全。阿咔叫大家先睡上一觉，因为前一天夜里，有斯密捣乱，谁也没有休息好。于是大家很快就睡了。

谁也没有料到，只剩下一只耳朵的斯密早已尾随而至，但是当他看到大雁们栖息在这样一个安全的地方时，心中别提有多恼火了。"唉，这次又吃不到他们了！"斯密想。

就在斯密怒不可遏的时候，他猛然听到身后传来一阵窸窸窣窣的响声，原来是一只紫貂正在紧紧追赶一只松鼠。他们两个跑上跑下，松鼠终于被紫貂捉到了手。

看到这儿，狡猾的斯密又计上心头，他先是假模假式地走过去向紫貂表示祝贺，接着又说道："紫貂先生，像您这样身手不凡的高明猎手，怎么能仅仅满足于抓一只小小的松鼠呢？您难道没有看见峭壁底下那些肥美的大雁吗？您放着美味的大雁不吃，该不会是您没有法子爬下山去捕捉他们吧？"

　　紫貂一听气得毛都竖了起来，他向斯密猛扑过来说："你看见大雁了？他们在哪里？"

　　斯密高兴地把大雁的栖息地指给紫貂看，一转眼的工夫，紫貂就顺着树干爬到了雁群旁边。

　　斯密暗暗自得，因为他马上就可以听到大雁的惨叫声了。

　　可是，正当斯密胸有成竹地等待着听大雁们惨叫时，他看到的却是紫貂从一根树枝上来了个倒栽葱，"扑通"一声摔进了河里，水花飞溅得很高很高。紧接着就是一阵"啪啦啪啦"的振翅拍翼声，所有的大雁都匆忙飞到空中逃走了。

　　斯密不禁奇怪，等紫貂上岸一问才知道，原来就在他靠近大雁准备扑上去时，有一个小人儿突然用石头砸到了他头上，所以他才摔到水里去了。

　　斯密一听就知道那个小人儿是尼尔斯，恨得咬牙切齿。

　　大雁们不得不另觅栖息之地。天已经黑了，新月出来了，好在阿咔对这一带非常熟悉，很快他们就找到了新的栖息地，在尤尔坡瀑布中间凸出的几块岩石上落下了脚。在她看来，这里也算是安全，于是大雁们很快就睡着了。而尼尔斯却心神不安，仍旧无法入睡。

　　不一会儿，斯密追踪而至，当他看见大雁所在的位置时，又一次叫苦不迭，唉，又没法接近他们了。

　　就在这个时候，他看见一只水獭嘴里叼着一条鱼从旋涡里钻了出来，斯密故技重演，说："唉呀呀，你这个古怪的家伙，放着肥嫩可口的大雁不吃，却在这里辛辛苦苦地捕鱼，是不是你游不过去呀？"

　　水獭一抬头，认出这是一只狡猾的狐狸，他不服气地说："好吧，那就让你看看我行不行吧！"说完，他转身向大雁游去。

斯密奸诈地笑了，他终于可以报仇了。正当他得意之际，却听见一声凄惨揪心的叫声，他回过头，只见水獭仰面朝天地躺在水里，大雁又一次展翅高飞了。

水獭垂头丧气地回到岸边，他告诉斯密，当他正准备扑向大雁的时候，却不知道从哪里冒出一个小人儿来，那小人儿用尖尖的铁皮狠狠地向他的前爪刺了过去，他疼得实在受不了了，就掉进了河中。

可斯密哪里还听得进去他的解释，他早起身去追大雁了。

阿咔不得不带领着雁群再一次寻找栖息之地。幸好月亮还没落下去，他们终于在一个疗养院没人住的房屋阳台上落了下来，像往常一样很快便睡着了。

尼尔斯仍然不敢放松警惕，他坐在阳台上，面对着广阔无垠的海景欣赏起来。大海清澈碧蓝，宁静安详，海边的礁石由于长期被海水冲刷而变得特别光滑，陆地上的树叶已经开始泛出绿色，一切都是那么美！

就在此时，尼尔斯猛然听到花园里传来了一阵鬼哭狼嚎般的咆哮。他站起身来一看，只见斯密在阳台下面洒满月光的院子里站着。原来他又一次追踪大雁而来，而当他发现他还是无法靠近大雁时，实在控制不了，就忍不住嚎叫起来。

斯密这么一叫，阿咔也醒了。尽管她什么东西都看不清楚，但她通过声音早已辨别出来这是斯密。

"又是你，斯密，你半夜三更乱叫什么？"阿咔问道。

"不错，"斯密回答说，"正是我。你觉得我为你们安排的这个晚上滋味如何呀？"

"什么？你的意思是说，紫貂和水獭都是你派来暗算我们的吗？"

阿咔追问道。

"没错，正是我安排的！"斯密得意扬扬地说道，"我要以牙还牙，只要你们中间还有一只大雁活着，我就要追逐下去，直到把你们斩尽杀绝为止。"

"斯密，你真坏，你长着尖牙利爪，却这样苦苦逼迫我们这些没有自卫能力的大雁。"阿咔叹息道。

斯密以为阿咔被吓怕了，于是连忙加上几句："哼，阿咔，要是你识相的话，就应该把那个一向与我作对的小人儿交出来，我就放你们一条生路，怎么样？"

"要想叫我交出拇指，你休想！"阿咔斩钉截铁地回答，"我们任何一只大雁都不会同意交出尼尔斯的，我们誓死保护他的生命。"

"既然这样，"斯密咬牙切齿地说道，"那么我就向你们发誓，我报仇的时候拿他第一个开刀。"然后，斯密又号叫了几声，走了。

就在他们说这一番话的时候，尼尔斯躺在那里一直醒着。他想不到居然有人会愿意为他而死，这真让他感动。

从那一时刻起，他深深地喜欢上了这群大雁。

第八章

双城记

在尼尔斯与大雁们向拉普兰飞去的途中，他遇到了两座神秘的古城……

又是一个宁静的夜晚，大雁们没有躲进山洞，而是睡在山顶上。尼尔斯则躺在大雁身边矮小的枯草丛中。

这天晚上的月色格外明朗，尼尔斯翻来覆去，怎么也睡不着，他开始思念起自己的家乡，想念自己的父母了。掐指一算，已经离开家三个星期了，他猛然想起，今晚正是复活节前夜。

有了自由，有了友谊，但他现在又缺少了亲情。

"要是今晚果真有巫婆骑着扫帚飞出来的话，那么我早就应该看到他们了。"尼尔斯暗地里寻思着。

就在他面朝天躺着遐想的时候，忽然有一只飞鸟飞过来，挡在月亮前面。

那飞鸟落在尼尔斯身边，原来是爱曼里先生。他弯下身来，用喙碰碰尼尔斯想把他叫醒。

爱曼里先生的到来使尼尔斯喜出望外。他们俩像老朋友重逢一样聊个没完，无话不谈。最后爱曼里问尼尔溶溶：原意为宽广的样子。这里形容夜色恬静、美好。

斯是不是有兴趣出去转转，趁着溶溶的月色骑在他背上去兜兜风。

"只要您在日出前把我送回大雁身边就行。"尼尔斯说。爱曼里先生同意了，然后他们就上路了。

一段异常平稳的飞行后，他们落到了一条荒凉的海岸上，那里铺着均匀的细沙，沿岸有一排长长的流沙堆积成的小丘，小丘不高，但仍然挡住了尼尔斯的视线，使他无法看清里面的陆地。

三个接连的动作，准确生动地刻画了鹤类动物休息时的形态。

爱曼里先生站在一个沙丘上，屈起一条腿，弯着脖子，把嘴伸到了翅膀底下。

"趁我休息的时候，你可以在海岸上走走，但别走得太远，免得迷了路！"他对尼尔斯说道。

尼尔斯想先爬到一个沙丘上去看看岸内的陆地是什么样子，他刚走了两三步，他的木鞋鞋尖就碰到了一个硬邦邦的东西，他弯腰一看，原来沙地上有一枚小铜钱，锈得几乎穿了孔。尼尔斯觉得这钱太破了，他没有去捡，而是一脚踢开了它。

阴森森：形容环境等阴沉可怕，令人恐惧。

可是在他直起身来时，他简直呆住了，在他面前两步远的地方，出现了一堵阴森森的高大城墙和一个有着碉楼的大门。

刚才还是光亮的大海，转眼间却变作高大的城门，尼尔斯觉得惊奇极了，他想，这也许是鬼神在作怪吧！

城墙和大门都壮观无比，尼尔斯的好奇心又上来了，他心想，"我要去看看里面到底有些什么。"

在幽深的城门洞里，身穿色彩华丽的绣花宽袖大氅的卫兵把武器撂在一边，蹲坐在那里赌博。他们玩得那样起劲儿，根本没有注意到尼尔斯从他们身边走过。他就这样毫不费力地通过了岗哨。

城门里是一处广场，地面上铺着平整的大石板。广场四周，高大而华丽的房屋鳞次栉比，房屋之间一条条长而窄的街巷四通八达的。

广场上人群熙攘。男人们外面穿着镶毛边的长衫，里面穿着丝绸，头上歪戴装饰着羽毛的圆帽子，胸前挂着别致的金链，个个衣冠楚楚，就像国王一样。而女人们却戴着尖顶帽，上穿紧袖小褂，下穿长裙。她们的穿戴也非常考究，只是比男人们差了一点儿。

尼尔斯觉得眼前的景象就和那些故事书里所描写的一样，他简直不敢相信自己的眼睛了。

就在尼尔斯对这一切都赞叹不已的时候，他心里突然产生了一种紧迫感。"这样的东西，我以前从没见过，恐怕以后也不容易见到了。"他自言自语地说道。于是，他加快了脚步往城里奔跑，穿过了一条又一条街道。

他还处在一个对新鲜事物容易产生好奇的年龄。

那些街道都是又窄又长的，街面上到处是人。老太婆们端坐在自己家门口纺线，商人们的店铺朝街敞开着大门。所有的手工艺匠人都在露天干活儿，他们有的在熬鲸油，有的在鞣皮革，还有的在一个狭长的场地打麻绳。

列举了手工艺匠人的各种活动。

"如果我有充足的时间，我说不定还能学会个把手艺呢!"尼尔斯想道。

　　不过他没有时间久留。因为他想尽量多看一下这个城市。他来到了市中心广场。广场上,教堂巍然屹立,钟楼高耸云端,深邃的门洞里排列着各式各样的塑像。就连每垛墙壁上也都林林总总地布满了塑像,没有一块石头不是经过石匠精心雕琢而成的。从那敞开的大门看进去,里面就更气派了:金光灿灿的十字架,金子铸造的祭坛,就连牧师们都身披金丝嵌织的锦绣法衣!

　　和教堂遥遥相对的是一幢大楼,那是整个城市的市政厅。在教堂和市政厅之间,环绕着美不胜收的高楼大厦。

　　这时,尼尔斯奔跑得又热又累,他只好放慢了脚步。他拐进了一条繁华的街道,在那里,商人们把一匹匹花团锦簇的绫罗绸缎、一块块颜色变幻莫测的天鹅绒、一条条薄如蝉翼的抽纱花边都展示出来。

商品真是异常丰富多彩。

　　尼尔斯在疾步奔跑的时候,因为他的个头儿太小了,他从别人身边走过时,人家还以为是一只灰色小老鼠哩。街上没有人注意到他。

　　不过,当他沿着街往回走的时候,有个商人一眼就看到了他,还殷勤地招着手让他过去。

　　尼尔斯小心翼翼地走了过去,他看到那商人把一匹上好的锦缎放到柜台上让他看。

小心翼翼:形容小心谨慎、担心的样子。

　　随着那商人的招呼,各家店铺里的人都瞅见了他,他们都频频冲着他招呼。为了接待尼尔斯,他们把那些有钱的人都撇在一边了，他们从最隐蔽的角落里，取出了他们最上乘的货色让尼尔斯挑选，最有趣的是，他们甚至因为过于激动而显得手忙脚乱的。

看到商人们的这股殷勤劲儿，尼尔斯忍不住笑了——他这个身无分文的小男孩儿，怎么可能买得起这样贵重的东西呢？

他停住脚步，摊开空空的双手，要让大家都知道他身上一无所有，不要再来纠缠他了。

可是那个商人却竖起了一根手指头，连连朝他点头，而且还把那一大堆贵重物品统统推到他的跟前。

"难道他的意思是，他所有这些东西要卖一个金币？"尼尔斯大惑不解。他开始在衣服口袋里摸索起来。他明明知道自己身无分文，却还是情不自禁地要摸摸口袋。

这时，所有的商人都围聚在旁边，看着这宗买卖能不能成交。当他们看到尼尔斯开始摸衣服口袋的时候，他们便发了疯似的转身回去，从自己店铺里拿出大把大把的金银首饰向他兜售。大家都向他比画，只要出一个小钱就全部卖给他。

可尼尔斯把空空如也的口袋掏给商人们看——他一个子儿都没有！

这下可糟了，那些气派不凡的商人们非常失望，一个个眼泪汪汪的，都要哭出来了。

尼尔斯看着他们伤心难过的样子，动了恻隐之心。他脑筋一转，忽然想到方才他在海滩上见到过的那枚铜

看来，这真是个奇怪的城市！

尼尔斯又开始想尽自己的能力帮助别人了。

绿斑驳的铜钱。

于是，他不顾一切地奔跑起来，穿过城门，一口气奔到海滩上就开始寻找起那枚铜钱来。

铜钱找到了，但是当他捡起铜钱要迈步奔回城里去的时候，城市却在他的眼前蓦然消失了，城墙不见了，城门不见了，卫兵、街道、房屋统统化为乌有，只剩下一片茫茫大海。

没能帮助到别人，尼尔斯内心十分愧疚。

这突如其来的变化让尼尔斯伤心极了，他的泪水哗哗地涌出了眼眶。

就在这时，爱曼里先生醒了过来，他走到了尼尔斯身边，用喙去碰碰他，让他知道身边有人来了。

"天哪！爱曼里先生！你不知道我经历了多么神奇的一件事！"

于是，尼尔斯把他刚刚经历的事情向爱曼里先生讲了一遍。

听完尼尔斯的叙述，爱曼里先生向尼尔斯讲述了这样的一个故事：在很久以前，这一带有一座风景如画的城市，叫威尼塔，城里的人们生活富足极了。但是后来，威尼塔的人们变得骄奢淫逸起来，这惹怒了造物主，他借一次海啸将这座罪恶的城市沉入海底。但是市内的居民不会死，城市也不会被破坏。只是每隔100年的一个夜晚，它就会从海里升起，恢复原来的豪华面貌在地面上停留一个小时。

"果真是这样，因为我亲眼看到了。"尼尔斯答道。

"但是在这一个小时内，如果威尼塔没有一个商人把什么东西卖给任何人，它就会再次沉下去。拇指，你只要把一个很小很小的铜钱付给商人，威尼塔就会留在海岸上。否则，就会再被沉入海底，再等 100 年，才有再浮上来的机会。"

"爱曼里先生，现在我明白了。"尼尔斯说，"你之所以把我接到这儿来，是希望我能够拯救这座威尼塔城，可惜，我连一个铜板都没有。这真让我惭愧！"尼尔斯说着，用双手捂住了眼睛，伤心地哭了。

哭了一阵子后，爱曼里先生把尼尔斯送回了大雁们的住地就飞走了。

第二天下午，阿咔他们继续飞行，他们一直飞到了果特岛上空才停下来休息。而那天尼尔斯一大早就起来了，不，确切点儿说，应该是一夜都没睡。他什么也不说，只是一个人呆呆地坐着，跟以前相比，完全判若两人。

看到尼尔斯这样，阿咔才想起，昨天夜里，自己半夜醒来的时候，曾听尼尔斯嘀咕过一句"海底城市"什么的。原来，尼尔斯还在念念不忘昨天晚上曾经出现过一个小时的那个海底城市，还在为他没有钱拯救威尼塔城而深深地自责呢！

看到尼尔斯这个样子，莫顿和阿咔都竭力劝说他，他们要尽力使尼尔斯相信，他也许是做了一个梦，或者是看花了眼。

原来，这个城市背后是这样一个悲伤的故事，难怪那些商人伤心难过。

昨晚的事对尼尔斯打击很大，可能会让他学会思考很多东西。

朋友们都不愿意看到尼尔斯伤心难过的样子。

　　但是，尼尔斯一句话也听不进去。他确信他真的看到过那一番景象，他怅然若失地走来走去，他的旅伴们都开始为他担心起来。

　　阿咔实在看不下去了，她劝道："拇指，我劝你没有必要再因为威尼塔城不能浮出水面而折磨自己了。事实上，它真的浮上水面，还有坏处呢！"

　　看见尼尔斯摇了摇头，阿咔继续说："你不用不相信，我们现在就出发，去另一个城市看看，一到那儿，你就会相信我的话是对的，心情就会舒畅多了。"

　　于是，莫顿又驮上了尼尔斯，阿咔集合了大雁们，他们一刻也不停留，朝果特兰岛飞去了。

　　飞到果特兰岛上空，果然望见远处有一座黑黝黝的城市。尼尔斯猜想，这也许就是阿咔要带他来看的那座城市了。果然不错，阿咔带领大家飞近了这座城市，并选择了城外的一块空地，叫大家降落了。

　　刚一降落，阿咔就吩咐阿满和阿楠，带领大家就近寻找吃的。而她自己，马上带上尼尔斯朝黑色城市飞去了。

阿咔在用一些反面的例子开导尼尔斯郁闷的心情。

　　阿咔降落到城墙上，她告诉尼尔斯："这座城名叫威尼斯，100 年前还是繁荣昌盛的。那时，它的城墙很坚固，楼阁也很高大。但是现在，这里早已没了往昔的繁华，有的只是光秃秃的残墙断壁，整个城市都空荡荡的，完全失去了生机。"

　　听完阿咔的介绍，尼尔斯看了看这座城市，在明亮的天空衬托下，城市里的城墙、碉楼、教堂和房屋都显得黑黝黝的。让人看不清它的本来面目。

阿满和阿楠他们吃了东西以后，又带尼尔斯在城市上空盘旋了很久。他们一心想让尼尔斯看一看威尼斯城所有的东西，直到尼尔斯说不想再看了，他们才降落在一个教堂的顶上准备过夜、栖息。

晚上，大雁们进入了梦乡，尼尔斯却久久不能入睡。他望着美丽的天空，静静地坐了一会儿，心里慢慢平静了下来，他不像早上和昨天晚上那么苦恼了！

或许，每个人都是这样慢慢成熟起来的。

是的，看了现在这座城市后，他再也不愿意烦恼了，假如海底城市不再沉入海底，过一段时期后，它也可能变得像眼前的这座城市一样破烂不堪。也许它经受不住时光和腐烂的考验，也会像这座威尼斯城一样，只剩下残缺不整的教堂、生满杂草的房屋、空旷寂寞的街道，与其将来让威尼塔城变成跟威尼斯城一样的下场，还不如让它继续在海底保持着自己的豪华呢！

"过去的就让它过去吧！即使我有能力拯救那个城市，我相信现在我也不想那样做了。"想到这里，尼尔斯再也不伤心了。他钻到莫顿的翅膀下面，如释重负地睡了。

经过这一次奇遇，尼尔斯的心态渐趋成熟和理智了。

情境赏析

可以看出，在这次奇遇中，白鹤爱曼里先生是真正从朋友的角度出发为尼尔斯的成长提供一些帮助。首先，爱曼里抓住尼尔斯乐于助人的特点将他引到那个海底城市，希望他的热心能够做成一件好事，让他自己的内心获得满足和欢乐，没想到阴差阳错，尼尔斯没有帮上忙，反而产生了内疚和负罪感。不过，坏事又变好事，在朋友们的帮助和开解下，尼尔斯反倒能有这样一个机会认真思考关于生活的一些问题，章节最后的"如释重负"说明经过这次奇遇，尼尔斯真的学会了思考，也逐渐变得成熟和理智了。恐怕这就是爱曼里的真正用意所在，也许表明每个人都是这样慢慢成熟起来的。

▌名家点评▐

《尼尔斯骑鹅旅行记》集文艺性、知识性、科学性于一体，体现了北欧文学的神奇魅力，弘扬了宽厚、仁慈、互助的人类理想。

——茅盾

第九章

斯密一直紧紧地跟在尼尔斯和大雁们身后，

为了抓到尼尔斯，他又想出了新的计谋……

这 一天，狐狸斯密为了报自己被驱逐出族之仇，也紧追慢赶地跟上了大雁，出现在了荒漠沙滩。并常常出现在他们左右，但是他们却都没有注意到这一点。

这一天，斯密跟在大雁的后面，他因为缺少了一只耳朵，听力变弱了，给他捕猎带来了不少麻烦。这样，他就得时不时地饿肚子，所以也就变得越来越虚，越来越瘦了。

"这一切的一切，都是那帮可恶的大雁给我造成的。当然，还有那个拇指大的小人儿，他最坏不过了。我一定要想办法抓到那个小人儿，然后才有可能收拾干净大雁，我一定非报这个深仇大恨不可。"斯密自言自语道。

可是，由于大雁们的警惕性很高，每一次他们选择的过夜地点都很高，通常还都用尼尔斯的透视眼先观察好，于是斯密也就总是无法接近他们。这样，斯密的复仇计划就一直搁置到现在，还没能实现。这一次，他准备找帮手，发誓要报仇雪恨。

无巧不成书。这时候由乌鸦黑旋风带领的队伍在一个坑里得到了一只瓦罐，他们想知道那里面是不是装着东西，于是就想尽办法要把盖子撬开，但是费了好大的力气都没有成功。

正当他们眼巴巴地望着瓦罐，无计可施的时候，从他们头顶传来一个声音："乌鸦们，我来帮你们打开好吗？"

乌鸦们猛一抬头，看到一只狐狸正蹲在坑沿上向下望着。他们觉得这是他们所见过的狐狸中最漂亮的一个，唯一的缺陷就是少了一只耳朵。

"要是你愿意帮忙的话，那简直是太好了！"乌鸦答道。

得到应允，斯密急忙跳进坑里，一会儿用嘴去咬咬瓦罐，一会儿用爪子掀掀盖子，但他使出了浑身的解数也没能够把它打开。

"这里面到底装的什么呀，狐狸先生？"

斯密装模作样地晃了晃说："应该是银币吧！"

一听说是银币，乌鸦们急得眼珠子都快掉出来了。世界上还有比银币更让他们欢喜的吗？

"可是这怎么打开呢？"乌鸦着急地问。

"哦，我知道有个人肯定能替你们打开瓦罐，你们去把他抓来好了。"斯密真是坏透了，他想借助这些乌鸦的力量，把那个可望不可即的小人儿弄到手！

"那就快告诉我们，"黑旋风急了，"那个小人儿他在哪儿？是个什么样子？我们怎样才可以找到他？"

"你快说，你快说！"乌鸦们也都急红了眼，齐声对斯密吼着。

"我可以告诉你们，不过，你们得先答应我一个条件。"斯密开始讨价还价了。

"快说！"黑旋风说。

于是，斯密为了强调尼尔斯肯定能把瓦罐打开，他把有关尼尔斯的很多事情都说给乌鸦听了。而向乌鸦们提供了最有效信息的他，唯一的要求就是在打开那个瓦罐以后，把那个小人儿交给他，由他处置就好啦！

黑旋风听了，觉得瓦罐打开以后，也没有必要再留着那个小人儿了，于是他就痛快地答应了斯密的条件。

"打开瓦罐后，那小人儿就交给你，你想怎么处理就怎么处理，我就不管了。"就这样，斯密和乌鸦之间的肮脏交易便谈妥了。

此后，黑旋风率领 50 只乌鸦，亲自出马去找尼尔斯，他还另安排了 50 只乌鸦和斯密留守在坑里，以保护这只神秘的罐子。临出发时，他说："我们很快就会找到那个小人儿，你们在这儿好好待着，没几天，我们就会回来了。"可是，10 天过去了，他和他的队伍仍没有回来，斯密和留守的乌鸦们都急得像热锅上的蚂蚁似的。

就在黑旋风他们计划着抓尼尔斯的时候，尼尔斯已经跟随大雁平安地飞过了大海，到了斯莫兰北部的高斯湾内。晚上，他们由于疲惫很早睡了，而黑旋风等乌鸦也在不久后到达。

第二天一大清早，大雁们就都醒了，他们今天打算飞往东耶特兰。在起飞之前，他们要先找点儿食物，把肚子填饱。很快，他们就找到了一些植物的茎叶，三下五除二地就把早饭吃完了。

与此同时，尼尔斯也在找吃的东西。和大雁们相比，他的处境就困难多了。他从住处一直走过五六里地，都没有找到任何食物。由于又累又饿，他就坐了下来，想先休息休息再说。

忽然，尼尔斯觉得有谁从背后抓住了他，没错，而且还被提起来了。这一下，尼尔斯被吓得睡意全没了。他急忙转过头去，发现自己竟被一只乌鸦咬住了衣领，他还没来得及挣扎，另一只乌鸦也赶上来，一口咬住了他的鞋带儿，他们两个一齐用力，一下就把尼尔斯掀翻在地上了！

但是尼尔斯没有丝毫胆怯，他拳打脚踢，又哭又喊的，拼命地反抗。可是，他们就是咬住他不放，还把他扯起来，朝远处飞去。更糟糕的是，乌鸦们似乎只有一个念头——快飞，其他什么都不理会。尼尔斯的脑袋撞到了树枝上，他感到一阵阵恶心，还呕吐了好几次，后来，眼前一黑，就失去了知觉，什么都不知道了。

等尼尔斯又睁开眼睛时，他已经到了高空，他慢慢地苏醒过来，竟发现自己没有骑在莫顿的背上，自己的周围不是一群大雁而是一群乌鸦，而且自己总是被东拉西扯，悠来荡去，差点儿就掉到地上。

他忽然间一切都明白了，原来，他是被几只乌鸦抢走了！他开始拼命地向乌鸦们呼喊，让他们把他送回大雁们那里去，而对自己他倒是一点儿也不担心，他认为乌鸦们把他抢走纯粹是出于一种恶作剧，他们最终还是会放了他的。

可是，不管他怎么呼喊，乌鸦们不但不理会，反而更加拼命地往前飞，不一会儿，他们就扎进了一个杉树林里，把尼尔斯扔在一棵枝叶茂密的杉树下，严严实实地藏起来。

这时，更多的乌鸦从四面八方汇集到树林里，数一数，有50只之多，他们团团围住了他，都用尖嘴对着他。那阵势，真像众多的警察用枪口指着犯人，他轻易跑不了啦！

"乌鸦们，我不明白，你们抓我干什么？你们怎么不继续往前飞，把我带到这儿来了？"尼尔斯不管乌鸦们听还是不听，他不住地问这问那。

乌鸦们没一个打算回答尼尔斯，过了一会儿，其中一只大乌鸦——黑旋风用嘶哑的嗓子对尼尔斯吼着："住嘴，你再问，我就把你的眼睛弄下来，一口一个，全都吃了，听见啦？"

尼尔斯从来都没见过像黑旋风这么凶的乌鸦，心里想道："他要是说到做到的话，我可就惨啦！"此时的尼尔斯没了办法，只好不吭声了。

尼尔斯坐在大树下注视着那帮乌鸦，他们的羽毛乱糟糟的，像有10天没梳理过；他们嘴角上粘着的饭渣儿，也许不是今天的吧；他们的脸脏兮兮的，像从来没洗过似的。"他们跟强盗没什么两样，我怎么落到这帮坏乌鸦的手里？我今天可是倒大霉了！"尼尔斯愤愤不平地想着。

这时，树林的上空传来了大雁们的呼喊声："拇指，你在哪儿？我们在找你，我们在树林上，你要是在树林里，请答话。拇指，你在哪儿？大家找不到你，都要急死啦！"

尼尔斯听着大雁们的呼喊了，刚想答话，乌鸦首领黑旋风就在他耳边恐吓说："你要是敢喊，当心你的眼睛！"

没办法，尼尔斯只好把要说的话又咽了回去！

大雁们呼唤了几遍，听不到回答，只好飞到别处去找他。

"好了，尼尔斯，现在大雁们都已经走了，别再幻想有谁会救你，你就老老实实地待在这儿吧！"尼尔斯在心里说，"你必须学会照料自己，想方设法脱离乌鸦的魔爪去寻找莫顿他们。"

又过了一会儿，黑旋风听着树林的上空没有了动静，就发出了起飞的信号。

"他们又要叼着我飞了。"想到这儿，尼尔斯赶紧说："难道你们这么多乌鸦当中，就没有一个出来驮着我吗？总是叼着我飞，太让我难受了。让我骑着走吧！我可以向你们保证，我是绝不会跳下去的！"

"哼！你以为我们还会对你那么仁慈！"黑旋风说，"我猜想，他们也没一个愿意出来背你。"

听尼尔斯和黑旋风这么说，乌鸦群中长得最大的那个站了出来。尼尔斯看到，他是一个笨手笨脚、羽毛蓬松，翅膀上还长着一根白色羽毛的大家伙。

这个大家伙跟黑旋风说："我说头儿，如果小人儿被我们扯成了两半，那将是我们大大的损失啊！"没等黑旋风再说什么，那个家伙用嘴一叼，反转脖子，已经把尼尔斯放到后背上了。

黑旋风见了，威胁似的对他说："卡尔木，你这个迟钝儿，你要是把他弄丢了，我就要了你的命。"

此时尼尔斯骑在这个笨家伙的背上，心里也高兴了许多，他想："我是被这些乌鸦劫持来的，没有必要丧失勇气。我要努力对付这些可怕的小东西。"

尼尔斯慢慢明白了，这个大家伙是属于严格而稳健的"白羽家族"，似乎稍有一点儿特权。他的名字叫卡尔木，乌鸦们有的叫他"迟儿"，有的叫他"钝儿"，有的干脆合起来叫他"迟钝儿"。"如果现在是这个大家伙当首领，那么我的处境也许会好许多。不过，话又说回来，被驮着舒服多了。"尼尔斯心想。

就这样，乌鸦们朝着斯莫兰西南方向的荒漠飞去了。

经过一片白桦林时，尼尔斯看到一个斑鸠小姐站在树枝上，她对面站着正在追求他的斑鸠先生。

尼尔斯真切地听那位斑鸠先生说："你好漂亮！你是森林中最可

爱的鸟儿，没有谁比你更漂亮！"尼尔斯听了，下意识地看了看那斑鸠先生的样子，只见他抖着羽毛，拱着脖子，样子可不怎么美。尼尔斯感到很肉麻，他忍不住了，对斑鸠小姐说："他这是在奉承你，是别有用心的，请你躲他远点儿，别听他的。"

"谁？你是谁？谁在说我的坏话？"斑鸠先生咕咕叫着，四下张望，试图找到向他喊话的人。

"是被乌鸦劫持的人在讥笑你，你听清楚了吗？"尼尔斯大声地回答了斑鸠先生。

黑旋风听到这儿，追过来了，命令般地说："闭上你的嘴，憋不死你的，再说，我对你就不客气了！"

这时，驮着尼尔斯的迟钝儿却对黑旋风说："我说头儿，你就别管他了，让他去说吧！这样一来，所有的小鸟都会认为，我们乌鸦也成了机灵幽默的鸟了呢！"

"他们才不会那样蠢呢！"黑旋风说。不过，他还是赞同了迟钝儿的说法，不再制止尼尔斯说话了。这样，无形中就等于给了尼尔斯一次又一次说话的机会。没过多长时间，森林中的多数动物就都知道："小人儿拇指被乌鸦们劫持走了。"

等他们到了大荒漠的时候，太阳都已经快落山了。在离找到的瓦罐不太远的地方，黑旋风派了一只乌鸦前去报信，说他已经把拇指带回来了，一会儿，留守的乌鸦就都来迎接黑旋风他们了。

在一阵阵刺耳的喧闹声中，卡尔木，也就是迟钝儿对尼尔斯说："你说话挺有意思，给我带来了不少的乐趣，你别说，我现在还真有点儿喜欢你了。"然后，他又悄悄对尼尔斯说，"因此，我给你一个忠告，我们一落地黑旋风他们就会叫你做一件事，这件事对你来说，也许是轻而易举的。但我劝你还是小心行事，别马上去做，这样你的生命才是安全的。"

　　说完，迟钝儿把尼尔斯放到一个沙坑里，尼尔斯翻身落地后就势一滚，接着，就躺在那儿一动不动了。他这样做，是要让乌鸦们以为，一路颠簸劳苦，他已经精疲力竭了。

　　"拇指，谁叫你躺在那儿的？"黑旋风说，"快起来，我还有事情要让你做呢！"

　　尼尔斯听黑旋风如此说，更是下定决心一动也不动，装着睡着了。黑旋风一急，他叼起了尼尔斯的一条胳膊，硬把他拖到那个放着瓦罐的地方了。

　　"起来，拇指。"黑旋风说，"我叫你把这个瓦罐打开。"

　　"你得先让我睡一会儿再说，我实在太累了，什么事都不想做。"尼尔斯回绝得干脆利落。

　　黑旋风急了，他摇晃着尼尔斯，不准他睡觉，说："不行，你现在就非得打开这个瓦罐儿不可！"

　　"我怎么打得开它？你别开玩笑了，这罐子的个头儿可比我高多了。"尼尔斯继续推辞着。

　　"打开，快！"黑旋风不耐烦了，说："否则，我就叫我的手下狠狠地揍你一顿。"

　　尼尔斯没办法，只好慢悠悠地站起来了，他摇摇晃晃地走到瓦罐跟前，在盖子上摸索了几下，便又垂下了手。

　　"我平时不是这么虚弱无力，"尼尔斯说，"只要你们让我睡上一宿，明天早起，我也许能把这个瓦罐打开！"

　　但黑旋风霸道惯了，他怎么受得了尼尔斯的讨价还价呢？他生气了，突然冲上前来，对准尼尔斯的眼睛张口就啄。见状，尼尔斯猛地朝后退了两步，从兜里拔出了他寻找食物时用的小刀，跟黑旋风对峙上了。

"你别逼我，否则，我这刀子可没长眼。"尼尔斯毫不示弱地对黑旋风大声吼着。

黑旋风听了极其恼火，他不顾一切地向尼尔斯猛扑过来，尼尔斯也不再躲他，而是用小刀迎上去。结果，黑旋风撞在刀尖上，一命呜呼了。

尼尔斯抽回刀子，在沙土里插了一下，把血去了，又装入鞘中，放回兜里。

"黑旋风死了！我们的头儿没了！他是被拇指杀的。"靠近尼尔斯的几只乌鸦大叫着，一齐朝尼尔斯扑来了，想要为黑旋风报仇。

在冲过来的乌鸦中，迟钝儿冲在最前面，但他只是拍打着翅膀，表面上看是来抓尼尔斯，实际上是用自己的翅膀保护着尼尔斯，不让其他乌鸦接近他。

紧急之中，尼尔斯又看到了那个瓦罐，他牢牢地抓住了盖子使劲儿一掀，盖子打开了。然后，他纵身一跃，跳进了瓦罐里。

可是，瓦罐的空间太小了，尼尔斯无法藏身，他只好弯下腰，抓起银币，一把一把地往外扔。

乌鸦们见状，急忙去抢银币，抢着后就叼着飞回自己的住处去了。他们只知道藏银币重要，哪还记得什么黑旋风被小人儿杀了？他们早把抓尼尔斯报仇的事忘得干干净净了。

银币扔完了，乌鸦们也跑得差不多了。尼尔斯探出头来，发现沙坑上只站着一只乌鸦——迟钝儿。他正孤零零地待在那儿，看见尼尔斯出来，他憨厚地笑了。

"你杀死了黑旋风，太伟大了，你帮了我一个大忙，替我除掉了他。拇指，你说我该怎样感谢你呢?"迟钝儿真是太激动了。

尼尔斯听了说道："不用谢我。我这样做是出于自卫，不光是为了帮助你。我想，我们现在就应该离开这个是非之地，找个安全的地方休息一下。养精蓄锐，等天一亮，我就动身去找大雁们。"

迟钝儿听了说："我知道一个安全的地方，保证你今晚能安安稳稳地睡上一觉。明天，我再送你去和大雁们会合。"见尼尔斯坐好了，他又说："拇指，我要飞了。天黑，我飞慢点儿，你抓紧我，安全第一，不然你从高处掉下来，那可不是好玩儿的。"

就这样，迟钝儿带上了尼尔斯飞走了。但他们没想到，在离他们较远的地方，有一只没抢到银币的乌鸦正盯着他们呢!

斯密在那只乌鸦的引导下找到了尼尔斯藏身的小屋。几经生死搏斗，尼尔斯终于逃出了狐口……

迟钝儿将尼尔斯带到了一处隐蔽的小屋，第二天一觉醒来，尼尔斯觉得自从旅游以来，还从来没睡得像昨晚那么舒服。后来，他才发现自己睡在了一张木床上。他猜测，这小屋是专为旅行者歇脚所建的。看样子，已经很久没人住了。

"既然这里少有人来，东西又这么多，恐怕很长时间都用不完，我要是拿走一些东西，别人知道了也不会说我占便宜吧？再说我也确实需要这些东西呀。"尼尔斯这样想了之后，就从床上起来了。他查看了小屋当中所有的东西，大的如方桌、椅子、大锅，小的如脸盆、笤帚、铲子、火柴、线团、小米等。而这些东西绝大多数又大又重，他根本拿不动。最后他选择了几根火柴。

尼尔斯拿出火柴，一根一根地装到背心口袋里，装满之后，他又从火柴盒撕下一小块能划火的火柴皮。有了火柴，他就再也不用吃生东西了。

想到吃，尼尔斯还真觉得自己饿了。他想起刚才查看东西时，有不少小米锅巴剩在锅里，虽然有点儿干，但勉强能吃。毕竟他太饿了。当他吃到第二块时，迟钝儿从窗口飞进来了。

"你好，迟钝儿。"尼尔斯见了，高兴地招呼他，"你昨晚睡得好吗？怎么不多睡一会儿，这里挺安全的，我们晚一点儿再走，你的精神头儿会更足的。"尼尔斯还真是会替人着想了。

"唉，昨夜我真没睡多少觉，现在倒真有点儿乏了。"迟钝儿说，"拇指，你猜我们乌鸦们昨天夜里做了什么？"

"那一群乌鸦，纯粹是乌合之众，他们会干出什么？"尼尔斯见迟钝儿提到了其他的乌鸦，心里不平，不高兴地说。

"还是我告诉你吧！"迟钝儿掩饰不住内心的欢喜，笑逐颜开地说，"昨天夜里，我们又选举了取代黑旋风的新首领。"

"他们选的是谁？"尼尔斯关切地问。

"你猜猜看？"迟钝儿故弄玄虚地问尼尔斯。

"看你这高兴劲儿，我猜嘛，他们选的一定是你，我的卡尔木领袖，我猜得怎么样？"尼尔斯真是绝顶聪明！

"嗯，你猜得对极了。"迟钝儿说，"他们选的就是我。我是从来都不进行非法活动，且一向与人为善的。"说到这儿，迟钝儿还自豪地挺直了身子，仿佛自己就是个贤明的君主似的。

"他们选你就对了！"尼尔斯又提高嗓门儿，故意站在迟钝儿面前，毕恭毕敬地说，"拇指大的小人儿尼尔斯，在此向乌鸦的新首领——卡尔木表示祝贺，希望卡尔木带领乌鸦们开辟新的生活道路，希望乌鸦与大雁结为朋友，和我尼尔斯做最要好的朋友！"

尼尔斯还要再说下去，迟钝儿这时却扇了一下翅膀，示意他有情况。

这时，一个很熟悉的声音传来："他是在这儿吗？"

　　尼尔斯也听到了："不好，这是斯密的声音，他怎么找到这儿来啦?"急中生智，他忽然有了对付斯密的办法了。

　　"是的，他就藏在这里，大概还没睡醒呢！昨天晚上，我亲眼看到迟钝儿把他驮到这儿来的。"一只乌鸦回答说。

　　"小心，拇指，狐狸斯密就在窗外，他肯定是来吃你的！"迟钝儿喊着，顺嘴叼起了桌子上的一个瓶子，走到窗口，朝窗下斯密和那只乌鸦丢了过去。

　　这一砸非同小可，瓶子落地，摔碎了，窗根儿下的那只乌鸦惊起，往后边退出十几步远。斯密躲过瓶子，猛地蹿上了窗口。转眼之间，斯密已经站在了桌子上面。可怜的迟钝儿还没来得及躲闪，就被他一口下去把那根仅有的白羽毛咬下来了。

　　斯密吐掉口里的羽毛，跳到地上，四处寻找起尼尔斯来了。

　　迟钝儿忍着痛飞出窗外，去找刚才给斯密报信儿、引路的那只乌鸦算账去了。

　　斯密跳到地上，满屋寻找尼尔斯，可是没有找到，他心想："他躲到哪儿去了？刚才也没见他从窗口跑出去啊！"

　　尼尔斯躲到哪儿去了呢？原来他想躲到一个大线团的后面去，可惜还没来得及藏好，就被斯密发现了。

　　斯密发现了尼尔斯得意地笑了笑，准备连线团加尼尔斯一起扑到身子底下。

　　聪明的尼尔斯立刻想到自己刚刚收藏的宝贝——火柴，他迅速地划着了一根火柴，点燃了大线团，又用力一推，大火球迅速向斯密那边滚去。斯密来不及躲闪，毛就被点着了，他吓坏了，发疯似的逃出房门，再也顾不得尼尔斯。

趁着斯密手忙脚乱，尼尔斯从窗户上跳了出去，他一口气跑到了荒野上，逃离了小屋。

当尼尔斯正在荒野上休息的时候，迟钝儿已经以乌鸦新首领的身份，处死了那个叛徒——给斯密带路的那只乌鸦，并回来接尼尔斯了。

尼尔斯看见迟钝儿，飞快地爬上了迟钝儿的后背，他理了理迟钝儿的羽毛，见他那根白色羽毛只剩下一点儿根儿了，惋惜地说："对不起，迟钝儿，是我连累了你，要不你就不会得罪斯密，也就不会失去你的白色羽毛了。"

迟钝儿满不在乎地说："不必难过，丢根羽毛没什么大不了的。你想，如果没有那根羽毛，说不定斯密就会咬我的脖子，那样，我也许会被他咬死，也就没法来找你，更不能送你回去了。一根羽毛换来这么多的好处，值得！"

尼尔斯听了，叹了口气说："也罢，过去的事儿就让它过去吧！只是不知道斯密那坏蛋被火烧成什么样了，要是能烧死他就好了。"

迟钝儿也说："所以说，我丢根羽毛不算什么，只要斯密别再追来，那才是最好不过。现在，我要飞了，你坐好。"说着，他驮着尼尔斯起飞了。

转眼之间，已经到了下午，迟钝儿驮着尼尔斯，要送他去寻找大雁们。路过一个小岛时，尼尔斯望望下面，看到岛上不但阳光灿烂，风景也美极了。远处，万山如屏，银河似带；近处，房屋相望，田圃纵横，眼前仿佛展开了一轴工笔长卷。

"迟钝儿，你说这个岛的名字叫什么来着？噢，地狱岛！这么美丽的岛，怎么会有一个这样可怕的名字呢？"尼尔斯不解地问卡尔木。

"这儿是个好地方，不但风景美，以前还遍地是牛羊。不过，它的名字跟这没关系，它的名字是根据东边那座山的七个大裂缝，确切地说，是因为其中最大的那个裂缝而得名的。"

"怪不得乌鸦们推举你做了领袖，你真是一只学识渊博的乌鸦!"尼尔斯佩服地说。

"别夸我，我是在这一带生活的时间长了，理应知道。如果换成你，肯定会比我知道得多，跟你比，我可就一点儿机灵劲儿都没有了。"迟钝儿说。

他们又飞了一段距离，离有大裂缝的山很近了。尼尔斯对迟钝儿说："我想到那些裂缝处去看看，反正也没有多远。要不咱们就白来了一趟。"

迟钝儿说："也好! 那我就带你去看看，怎么能让你带着遗憾回去呢?"

不一会儿，迟钝儿就驮着尼尔斯降落在了东边山顶的平地上。由山顶向下看去，满山遍地白骨累累。尼尔斯看到那些白骨都是牛和羊的。

看到这里，尼尔斯非常好奇，他转过头来，问迟钝儿："这么多的尸骨，真是太残忍了。这是谁做的孽? 这样的坏蛋，应该受到惩罚才对。你说呢?"

迟钝儿说："是住在这个山上的四只坏狐狸干的。不过，我想他们也是为了生存下去才这么干的，也是迫不得已的。"迟钝儿太善良了，总是替别人说好话。

"不错，"尼尔斯辩解说，"那种为了生存而进行的捕杀是可以看成合理的。可是，你看那只羊羔还是一身肉，可见他们连一口都没吃。从这点看，他们是拿杀害动物们的生命来取乐。你们乌鸦可千万别学这帮狐狸，可别滥伤无辜……哎，你看我，怎么说到你们乌鸦身上去了！"尼尔斯说到这儿，觉得过分了，就朝迟钝儿笑了笑，以示歉意。

"你说得有道理，我以后一定给乌鸦们带个好头儿，我要纠正黑旋风当头儿时大家养成的毛病，决不让他们像以前那样作恶了，这一点你放心就是了。"

"作为地狱岛的主人——在这岛上耕田种地的农民，他们应该知道这种情况，他们应该收拾掉那四只狐狸，让牛羊能正常地生殖繁衍才对。"尼尔斯话题一转，又回到了正题上去。

"他们来过几次，还带着武器呢，"迟钝儿回答说，"可那四只狐狸很狡猾，一见到有人来，他们就躲到山洞里去，那些耕田种地的人又不可能搜遍全山来找他们。"

"那就没法收拾这几只狐狸了？"尼尔斯又问。

"谁知道呢？"

后来，他们坐在山顶平地上休息时，也不再谈论四只狐狸杀死牛和羊的事了。当尼尔斯休息得差不多了，再次向下看去时，却看见了毛残缺不全的斯密，他竟追到了这里，正往山上走呢！

尼尔斯眼珠一转，又想出了对付他的主意。想好后，他把迟钝儿叫到身边来，把自己的主意对他说了。迟钝儿听了点了点头。尼尔斯骑到了迟钝儿的背上，向大裂缝那儿飞了过去。

又过了很久，他们出现在了山脊上。迟钝儿假装压根儿就没有发现斯密，无忧无虑地散着步，显得十分悠闲。尼尔斯也平躺在迟钝儿的背上，仰望着蓝色的天空，就像不知道有任何危险一样。

斯密躲在离尼尔斯他们不远的地方。他发现迟钝儿走路一瘸一拐的，左边的翅膀也一直耷拉到地上，就跟折断了一样。他得意地想："那一定是今天早上，我一口下去给他咬折的。活该，谁叫他跟拇指是一伙的呢！"斯密还真觉得自己的能耐很大似的。

当得知迟钝儿和尼尔斯都自在如意，根本没有注意到自己，斯密打算偷袭迟钝儿和尼尔斯。

于是，斯密小心翼翼地向迟钝儿和尼尔斯那边儿挪了过去，直到离得很近了，斯密才觉得迟钝儿发现了他。他看到迟钝儿惊慌失措，用力拍打了几下翅膀，可是怎么也飞不起来了。斯密就更得意了，他迅速地扑向迟钝儿。可惜迟钝儿一个闪身，他扑了个空。然后他拼命去追赶迟钝儿，不知怎的，他的腿却不听使唤了。

这时，尼尔斯倒坐在迟钝儿的背上，朝斯密大声地喊着："你也配跟我们斗，真是不自量力！"

斯密被尼尔斯的话激怒了，他暴跳如雷，拼命地往前追迟钝儿。

迟钝儿按照尼尔斯的吩咐朝那个最大的裂缝那边跑去。迟钝儿到了大裂缝的边缘，翅膀一挥，竟然飞了过去，可是斯密却收不住脚步了！

不一会儿，就从大裂缝那儿传来了几声狂叫，接着是爪子乱抓石头的声音。

迟钝儿驮着尼尔斯来到了大裂缝的旁边，正好看见了斯密的狼狈样：斯密还没全掉下去，他正用他的两只前爪扒着大裂缝的边缘吊在那里，两只后爪在乱蹬着，企图爬上去呢！

"坏狐狸，当心点儿，小心掉下去把屁股摔两半儿，那可就成了天大的笑话了！"迟钝儿听了尼尔斯的喊话，笑得眼泪都流出来了。

喊了一会儿，笑了一阵儿，尼尔斯和迟钝儿才注意到，不知什么时候起，有四只狐狸已站在了斯密的上边的悬崖上，其中的一只向斯密问道："你是谁？怎么吊在了这儿？"

只听斯密喘着粗气回答："我也是狐狸，是你们的兄弟，从荒漠那边来的，求你们救救我吧！你们可不能见死不救啊！"

那几只狐狸似乎是发了善心，还真把斯密拉了上来。

想到那些不幸的牛和羊的遭遇，尼尔斯心里又是一阵阵难过，他决定叫迟钝儿再飞过去，按照计划，收拾掉这四只狐狸。迟钝儿听了，欣然同意。

斯密被那四只狐狸拉上大裂缝后，看到迟钝儿又飞过来，就用手拉了拉身边的那只狐狸，又指了指不远处的迟钝儿和尼尔斯，然后就昏了过去。

那四只狐狸看了看迟钝儿他们，根本没有把他们放在眼里，不就是一只耷拉翅膀的乌鸦，还有一个拇指大的小人儿吗？

"他们竟敢在我们的地盘上撒野，我们哥儿几个今天正愁没抓到活物呢！"只听其中的一只狐狸说，"兄弟们，目标乌鸦和那个小人儿，别让他们跑了。"

迟钝儿见狐狸追来，又拿出了对付斯密的老办法，等他们追到兴头儿上，马上起飞，又飞到大裂缝那边去了。再看那几只狐狸，他们可没斯密那么幸运，由于跑得太快，还没来得及收脚，就"咚，咚，咚，咚"地挨个儿葬身于大裂缝了。

"叫斯密醒来后，替他们收尸吧，我们该飞走了。"说完尼尔斯示意迟钝儿向大雁们所在的方向飞去。

太阳就要落山时，他们降落到了荒野上。迟钝儿想为尼尔斯安排住所，而尼尔斯却发现在前边的灌木丛中有一团白色的东西在移动，仔细看看，还有一堆灰色的东西。尼尔斯马上认出那是莫顿和邓芬，于是他对迟钝儿说："谢谢你把我带到这里，莫顿和邓芬来了，我得跟他们找大雁们去。你也回去做你的乌鸦领袖吧！"

迟钝儿还想说什么，但尼尔斯已经顾不上听，他急着去找莫顿他们。迟钝儿只好飞回去找他的乌鸦群了。

后来，尼尔斯才知道，在他被劫持的这两天里，莫顿和邓芬每天都在一起，他们一个寻找自己原来的小主人，一个寻找自己的救命恩人，成了一对志同道合的恋人。

他们从动物的口中得知，乌鸦劫持了一个拇指大的小人儿，猜到那小人儿就是尼尔斯，于是就过来找他了！

尼尔斯、莫顿和邓芬一见面，就紧紧地抱在了一起，当尼尔斯听到莫顿和邓芬说："可找到你了！"尼尔斯就情不自禁地抱住了莫顿的脖子，"呜呜"地哭起来了。

过了一阵儿以后，莫顿叫尼尔斯骑在自己的背上，他又拉了拉邓芬，于是他们起飞，到附近寻找住处去了。

第十一章

尼尔斯在黑母牛——大黑妞的请求下，送了
老妇人最后一程，自己也由此懂得了很多……

很晚了，三个疲倦的旅行者还在外面四处寻
找过夜的地方，他们是尼尔斯、雄鹅莫顿
和灰雁邓芬。其实，他们想找一个休息的地方并不难，
但是要找到一个狐狸上不去的安全地方，就不容易了。
这里几乎没有什么山峰，湖面上的冰又与湖岸紧紧相
连，狐狸是很容易找到他们的。所以，太阳都快落山
了，他们还是没有找到一个可以住宿的地方。

又过了很久，天彻底黑下来了，他们才走到了一个
寂静的农庄。那农庄位置偏僻，完全不像有人居住的样
子——窗户上没有亮光，院子里也没什么人走动，烟囱
里不冒烟。但是，他们再也找不到比这更好的地方了，
于是，他们就一起走进了农庄的院子。

刚进院子，他们就听到一头牛的叫声："女主人，您
可来了，我还以为您不给我饭吃了呢！"

听到牛说话，尼尔斯他们三个吓了一跳。尼尔斯用

透视眼迅速地把整个院子搜索了一遍。他发现，除了牛棚里拴着一头黑母牛和三四只鸡以外，院子里再也没有其他的动物了。

尼尔斯鼓起勇气，带上莫顿和邓芬向牛棚慢慢走去。一进牛棚，他礼貌地对黑母牛说："黑牛大姐，您好！我们是三个穷苦的旅行者，有只坏狐狸一路上都在找我们的麻烦，不知道今晚我们能不能在这儿过上一夜？"

"当然可以，"黑母牛听了说："这里的墙壁虽然有点儿破，但狐狸还钻不进来，因为这里毕竟是农庄。至于人，这院中除了一位老太太，再没别人了，而她也不会伤害你们的。可是，你们是干什么的呢？"

"我是尼尔斯·豪格尔森，今年 14 岁，是佃农的儿子，我原来也跟普通人一般，前不久被施了妖术变成了小狐仙。至于这两位嘛，一位是我经常骑的家鹅，另一位是一只灰雁。"

"你们可真是稀客啊，"黑母牛说，"我还以为是女主人来给我送饭了呢！不过，对你们的到来，我也同样表示欢迎！"

尼尔斯把莫顿和邓芬带进了那个相当大的牛棚，把他们安置在一个空着的牛栏里，这两个朋友转眼间就睡着了。

可尼尔斯怎么也睡不着，因为可怜的母牛没有吃上晚饭，她饿得一刻也不能保持安静。她一晃脑袋，脖子

尼尔斯如今时时刻刻都表现出他的礼貌和谦逊有礼。

黑母牛很热心、和善。

上的铃铛就响了，这让尼尔斯无法入睡。他躺在床上，回想着这些天他所经历的一幕一幕。

忽然，黑母牛开口说：“我记得你们中间一位说过他是个小狐仙，那他一定懂得怎样照顾母牛吧！”

“好啊，你需要什么帮助呢？”

“今天，直到现在，都还没有人为我挤奶、刷毛，也没有人给我准备过夜的饲料！我的女主人傍晚时来过，但只待了几分钟就走了，她好像病了。”

“哦，那我把缰绳给你解开吧，再给你打开门，让你到院子里的水坑里去喝水。我再设法到阁楼上找点儿草来给你吃。”

“好吧，那就太感谢你了！”黑母牛说。

于是，尼尔斯照自己说的做了。当他往槽里添满了草时，他想他总可以去睡觉了。可是他刚躺下，母牛又和他说话了。

“我要是再求你一件事，你可能就不耐烦了吧！”黑母牛说。

尼尔斯听出黑母牛话里有话，就说：“别客气，你尽管说好了，只要我能办得到。”

话里有话：意思是本来的话语中暗含说话者要表达的其他一层真实的意思。

“哦，我想请你到对面的屋里去看一下我的女主人，我担心她出了什么事。”

“对不起，这可不行。”尼尔斯连连摇头说，“你看我现在这个样儿，如果有人伤害我，我一点儿还击的能力都没有。”

"你总不会怕一个生病的老太太吧!"黑母牛说,"你也不用到屋里去,只要站在门外从门缝里看看就可以了。"

听黑母牛如此说,尼尔斯也不便推辞了:"那好吧,我去给你看看,你先别睡,等我回来再说。"说完,尼尔斯就朝屋子的方向去了。

说句实话,在这样一个既没有月亮,又没有星星,狂风怒号的夜晚,叫尼尔斯一个人到外边去,可真够难为他的,但尼尔斯还是硬着头皮去了。

虽然内心有强烈的恐惧,但乐于助人的心让他鼓起勇气。

他爬上几个台阶,吃力地跨过一道门槛,到了门廊下。房门关着,但他发现门下面有一个猫进出的小洞。

他刚向里面看了一眼,就吓得把头缩了回来。屋里,一位头发灰白的老妇人,直挺挺地躺在地板上,她既不动也不呻吟,脸色惨白,就像惨白的月光照在了她的脸上一样。

尼尔斯立刻想起了自己的祖父,祖父死时,脸色就跟这位老妇人一样白得让他感到害怕……尼尔斯似乎明白了,躺在地板上的老妇人已经去世了。

当尼尔斯想到,在漆黑的深夜他竟和一个死人在一起时,他简直吓坏了,他转身跳下台阶,跑回了牛棚。

黑母牛见尼尔斯神色慌张,就焦急地问:"尼尔斯,我的女主人怎么样了?你都看到了什么?"看得出,黑母牛对自己的女主人很是关心。

很悲惨的女主人和她的母牛！

尼尔斯把刚才从门缝里看到的一切都对黑母牛说了，黑母牛听了，说："这么说，我的女主人死了。你知道，我们向来都是相依为命的。"她又说，"她死了，那么我也快完了。"

"别伤心，她死了，还会有别人来照料你的。"看到黑母牛难过的样子，尼尔斯安慰道。

黑母牛没有理会尼尔斯对她的安慰，继续问："她是躺在光秃秃的地板上吗？"

"没错。"尼尔斯回答说。

原来，女主人是非常孤独的，只能和母牛倾吐烦恼。

"她活着的时候，有一个老习惯，就是到牛棚来倾吐她的烦恼。"黑母牛告诉尼尔斯。

"她有什么烦恼的事呢？"尼尔斯问。

"最近一些日子她老是说，她担心她死的时候没有人在她的身边，更担心没有人来替她合上眼，还担心没有人把她的双手放在胸前搭成一个'十'字。现在看来，果真是这样。你能帮我去完成她的遗愿吗？"黑母牛说到这些时，更加伤感。

尼尔斯犹豫起来，他知道这些是必须做的，但是这也太让他害怕了。因此，他没有拒绝，可也没有向牛棚门口挪动。

黑母牛默不作声地站了一会儿，好像在等尼尔斯回答。但尼尔斯始终不说话。她没有重复她的要求，而是开始对尼尔斯讲起了她的女主人来。

有很多事可以说，先来说说她拉扯大的那些孩子

们。他们每天都到牛棚来，夏天赶着牲口到沼泽地和草
地上去放牧，所以黑母牛跟他们很熟悉。他们都是好孩
子，个个开朗活泼，吃苦耐劳。

至于这个农庄，它原来并不像现在这样贫穷萧条。
农庄面积很大，尽管其中绝大部分土地是沼泽和多石的
荒地，耕地也不多，但是到处都是茂盛的牧草。女主人
养了许多母牛，牛棚里充满着生机和欢乐。

原来这个萧条的农庄也曾有过富庶和美丽。

可是，在她的孩子们都还很小的时候，女主人的丈
夫去世了。女主人不得不独自挑起家庭的担子。她当时
跟男人一样强壮，白天，她在田里耕种收割；到了晚
上，她来到牛棚为母牛挤奶，她有时竟累得哭了起来。
但是一想起孩子们她又高兴起来，抹掉眼里的泪水说：
"这算不了什么，只要我的孩子们长大成人，我就有好
日子过了。"

可是，三个儿子长大之后，却产生了一种奇怪的想
法。他们不愿待在家里，而是一个个漂洋过海，跑到异
国他乡去了。其中大儿子和二儿子在出国前就结了婚，
并且有了各自的孩子。他们出国时，把自己的妻子都带
走了，却把孩子给女主人留下。于是，她又像拉扯儿子
一样，拉扯这几个小孙子。在她非常累的时候，她还是
那样安慰自己："只要孙子长大成人，我也就有好日子
过了。"但是，孙子们长大后，也不愿意留在这里，而
是到他们的爸爸、妈妈所在的国家去了，走后，就没有
一个回来过。这样，年老的她，就一个人孤零零地待在

看来，女主人年轻时的劳累是白白浪费了，最终徒劳无功。

这农庄里。

其实,这是女主人无可奈何的自我安慰。

黑母牛还告诉尼尔斯,她的女主人常常对她说:"你想想,大黑妞,他们能出去闯世界,日子过得都很好,我能忍心叫他们留在家里陪我这把老骨头吗?他们在这里,只会和我一样没有什么大出息。"

在女主人最后一个孙子离开她后,她就突然间变老了,背变驼了,头发变白了,就连走路都东摇西晃的,她失去生活的动力,突然垮掉了。本来她可以雇个人帮她干活儿,只要她把最近几年攒下的钱破费上几个就够了。但是,她没有雇工,她怕和别人在一起。她总认为别人也会跟他的儿子、孙子一样,总有一天会离她而去。因此,农场逐渐荒芜了,生活也比以前更孤独了。

"只要我的儿孙们能幸福就好,我一个人苦点儿没什么。"最近她常一个人自言自语着。

今天晚上,女主人照例来过,但看上去她比任何时候都虚弱,她想挤奶,手抖得根本挤不了。但她还是舍不得离开牛棚,她靠在门框上,告诉黑母牛说,有两个农夫白天来找她,要购买她的沼泽地,他们想把水抽干,种些粮食、蔬菜什么的。

自己的生活异常困苦,她却还在想着子孙们。

地里的水被抽干后,就能长出粮食来。这可是再好不过了。于是,女主人就想写封信告诉儿子们,她想告诉他们在家里也能过上好日子。于是,她就一步一挪地回屋去了……可没想到,信还没写,她就死了……

尼尔斯听到这儿，他朝黑母牛摆摆手，示意她不要
再说了。他再也听不下去了。他站起来，用力推开牛棚
的门，快步地朝老妇人的屋子跑去。

尼尔斯坚定了
信心。

屋子里并不像他所想象的那样破烂不堪。这里具
备有许多美国亲戚的人家里常有的东西。在一个角落
里放着一把美国转椅；窗前桌子上铺着颜色鲜艳的长
毛绒台布；床上有一床很漂亮的棉被；墙上挂着精
致的雕花镜框，里边放着离开家乡、出门在外的孩子
们和孙儿们的照片；柜橱上摆着大花瓶和一对烛台，
上面插着两根很粗的螺旋形蜡烛。尼尔斯进了屋，他
从背心兜里掏出火柴，点亮了桌子上的蜡烛。他做这
一切时特别认真，他觉得，这是悼念死者的最好的
礼节。

其实居室环境
非常温馨、美
好，说明女主
人一直还是对
生活满怀希望
的。

然后他走到女主人跟前，用手拨动了她的上下眼
皮，合上了她的双眼；又用力搬动她的手臂，将她的双
手交叉着放在了胸前；又跳到她的头前，用五指做梳
子，把她披散在脸上的白发梳理到旁边。他现在什么也
不怕了，他只为这可怜的老妇人难过。他决定在屋里陪
着老妇人，他要为她守灵送终。

如果是之前的
尼尔斯，14 岁
的他怎么可能
做这样的事
情，这么近距
离接触一位逝
去的老人？可
见，他的改变
是翻天覆地的。

尼尔斯找出了一本圣歌集，坐下低声念了几段赞美
诗，但是刚念了一半，他突然停了下来，因为他突然想
起了自己的爸爸和妈妈。

"真没想到，做妈妈的竟会如此地想念自己的儿子，
这一点，以前我是体会不到的。现在，我知道了，当爸

爸、妈妈的，孩子一旦不在身边，他们的生活就好像没了着落似的。哎呀，不好了，如果我的爸爸、妈妈也跟这位老妇人想念她的儿子一样想念我，那可怎么办呢？"想到这儿，尼尔斯觉得心里乱糟糟的。

过了一会儿，尼尔斯又安慰起自己来："说不定我的爸爸、妈妈并不想我，因为我在家里时总让他们不省心，我本来就是个捣蛋鬼，我不在家，说不定他们会更省心的。"

就这样胡思乱想的时候，尼尔斯看到了墙上那面镜子，里面有一些褪了色的照片，那是老妇人和她的儿子们。

"你们这些可怜的人！"尼尔斯对着照片说，"你们的妈妈已经死了。你们遗弃了她，你们再也不能报答她了。可是我的父母还活着！"

这是这个夜晚尼尔斯最大的收获。

他说到这里停了下来，点了点头，脸上露出了笑容。"我的妈妈还活着，"他说，"我的爸爸和妈妈都活着。"

尼尔斯比以往任何时候都更加想念爸爸妈妈了，他暗暗下了决心，等他一恢复原样，就回到爸爸妈妈身边，做他们孝顺的儿子，再也不能像以前那样老让父母操心了。

尼尔斯一直在屋里待到天亮才离开，回到牛棚。黑母牛一见到尼尔斯，就焦急地问："主人的后事，你都做好了？你怎么去了这么长的时间呢？"

尼尔斯朝黑母牛郑重地点了一下头，然后说："我在屋里待了这么长的时间，是想陪陪她，不让她走得孤孤单单的。" 尼尔斯已经长大了。

黑母牛听后，连声不断地说："谢谢你，谢谢你，真是太谢谢了！"说着，她又想到老妇人的死，想到自己的将来，忍不住失声痛哭了。

黑母牛的哭声惊动了莫顿和邓芬，他们醒来了，来到尼尔斯和黑母牛旁边。"发生了什么事？"邓芬问，"黑牛大姐为什么哭呢？"

尼尔斯和黑母牛，你一言我一语地向莫顿和邓芬讲了事情的经过，莫顿听了说："我们应该把拴着黑牛大姐的绳子解开，不然，人们来晚了，你就饿死在这牛棚里了。"黑母牛听了，感激地望了望他们。

"可是，拴黑牛大姐的绳子太粗，"尼尔斯提出了实际困难，"扣子系得太结实，用火柴是点不着、烧不断的。"

这时，黑母牛想起天亮以前的事儿，问尼尔斯："你后半夜去屋里时，是不是把蜡烛点着照明了？"尼尔斯点头后，黑母牛又说："那样的蜡烛，女主人不会只有一根的，你们两个如果能拿来根蜡烛，叫尼尔斯点着了，就可以烧绳子了。"

莫顿说："我去把蜡烛叼来就行了。"邓芬担心莫顿见到死人害怕，也陪他一起去了。蜡烛拿来了，尼尔斯叫莫顿叼着，上边对准了拴黑母牛的绳子。然后他从口袋里掏出火柴，点着了蜡烛。不一会儿，拴着黑母牛的绳子就断了。

为了避免被农庄的人抓到，尼尔斯和莫顿、邓芬一起，告别了送出院门仍依依不舍的黑母牛，飞向红塔山找阿卡他们去了。

依依不舍：形容依恋很深，不忍分开又不得不分开。

在一幢农舍，斯密和尼尔斯进行了最后一次较量，结果斯密中计，变成了看门狗。

告别黑母牛之后，尼尔斯和莫顿、邓芬就在红塔山与大雁们会师了。阿咔带着大家飞到了梅拉伦湖畔才休息。

那里刚刚下过一场大暴雨，雨水一冲，长期积聚在森林里的雪全部融化了，到处是水流，在那一带形成了洪涝灾害。

狐狸斯密一路上也不曾闲着。他在其他动物的帮助下，一直紧跟着大雁，这时，斯密已经穿过了梅拉伦湖北边的一个树林，朝尼尔斯他们所在的方向追过来了。他一边走，一边仍在盘算着："今生今世，不抓到该死的大雁和可恶的拇指小人儿，我就不叫斯密。"斯密还真有种不撞南墙不回头的劲头儿。

斯密正急着赶路时，抬头看见了站在路边树枝上的信鸽阿传，他停下来说："阿传，碰到你真高兴。请你告诉我，大雁阿咔他们此刻到了什么地方呢？"说来话长，这阿传，早在南方的时候，斯密就见过两三次了。如今，看到阿传正在休息，斯密劈头就问起大雁的下落来了。

"不知道。"阿传瞥了一眼斯密，懒得理他。

"你真的不知道？这怎么可能？天下哪一件事不是你们信鸽先知道呢？"斯密不甘心，继续追问着。

"我说不知道，就是不知道。你要是不相信就算了。"阿传冷冷地回答，脸上略有怒色，心想："我就是知道大雁们到了什么地方，也不会告诉你，谁知道你打的什么坏主意！"

"我信，我信。"斯密装出一副无比惋惜的神情说，"我向你打听大雁们的下落，是想请你捎个信儿给他们，你要不知道，那就只好作罢。"

"什么信儿，非常要紧吗？"阿传一听，着了急。她真想知道到底发生了什么事儿。

"这些天，梅拉伦湖正在发大水，这事儿你也知道了。在那儿的叶尔斯塔湾住着很多天鹅。由于发水，他们的窝和蛋都面临着危险。天鹅王拉克达听说雁群中有个无所不能的拇指。于是，求我来找阿咔，想请阿咔把拇指带到叶尔斯塔湾去帮他们一把。"斯密不愧是狐狸，狡猾得连撒谎都比别的动物撒得圆满。

"我可以转达这个口信儿。"阿传说，"只是我不知道，那个拇指大的小人儿，怎么能够帮助天鹅们脱离险境呢？"

"这个嘛，我也不清楚。"斯密也装出迷惘的样子，继而又高兴地说，"不过，你别担心，没有他办不到的事情的。"

"恕我直言，天鹅王拉克达怎么会派你来找大雁阿咔他们，他不知道大雁们是不会相信狐狸的吗？"阿传直言不讳地说。

"啊！你问得很好。通常说来，大雁是不会相信狐狸的。"斯密神情自若地解释着，"现在不是情况有变，不同寻常了嘛。你知道，大难临头之际，动物之间都应该不计前嫌，互相帮忙，才能共保平安。"

说到这儿，斯密又小声对阿传说："既然是这样，我也想请你在给阿咔他们捎口信时，就不要对阿咔说，这件事是我帮天鹅求你的，否则她听了会多心，那样她就不会带拇指去了。"

见阿传不再问什么，斯密就势往下说："好阿传，就这么定了，你去给阿咔送信，我回去告诉天鹅王拉克达，我们各自保重吧！"说完，斯密就先走了。

阿传真的给阿咔送了信儿。一听说天鹅有难，阿咔和尼尔斯没顾上商量出解救天鹅的办法，就叫上大家先出发了。

到了晚上，他们就到达了叶尔斯塔湾，着急也没用，看来要行动总得等明天天明以后才行。于是，阿咔就叫大家住了下来。

由于没吃晚饭，尼尔斯的肚子咕咕地叫个不停，当然睡不着了。"咳，不管天有多晚了，我也得到农庄里去找点儿吃的东西，人跟饥饿赌气，无论如何都是没有用的。"想到这儿，尼尔斯立即从莫顿翅膀下钻了出来，朝湖边奔了过去。

来到湖边后，尼尔斯看到湖面上漂浮着很多的东西，他很高兴地想："我就踩着它们，漂过湖去。真没想到，发起水来，穿过梅拉伦湖也成了小事一桩哩！"

于是，尼尔斯先小心翼翼地穿过了芦苇丛，然后一下子跳到块小木板上，捡起一根小木棍当桨，最后，竟慢慢地向对岸划去。

尼尔斯刚跳上岸，就听见身旁有动静。他站稳后，仔细地看了看旁边，发现在离他 10 米远的地方有一个大窝，窝里熟睡的天鹅正在翻身呢！在离天鹅有 5 米左右的地方，一只狐狸正悄悄地向大窝走来。

于是，尼尔斯连忙大声喊叫起来："喂，喂，喂，白天鹅，快别睡了，你醒一醒，快站起来，该飞了，有只狐狸来咬你了，喂，喂，喂!"尼尔斯一边叫喊,还一边不停地用手里的木棍拍打水面。

这时,白天鹅终于动作缓慢地站了起来,也许是牵挂着窝里的蛋。不管怎么说,要是狐狸真的来抓他的话,它是跑不掉的。

但那只狐狸并没有就近去咬天鹅,而是向尼尔斯跑来。紧急中,尼尔斯很快认出来了,那是自己的老对头——斯密。

尼尔斯见形势不妙,只好逃上陆地。"如果这儿有树,哪怕只有一棵,我一爬上去,也就没事了。哎,可惜,什么都没有!"尼尔斯没办法,只好玩儿命似的跑起来。但是,他的个子太小了,他怎么使劲儿,也比斯密跑得慢。

突然,尼尔斯看到前边不远处有几幢小屋,屋里有烛光,他于是朝小屋那儿跑。这时,斯密却已经追到尼尔斯身后,就要抓到他了。危急中,尼尔斯往旁边一闪,斯密却因跑得太快,收不住脚,又冲出了老远。等他收住脚,转过身往回追,尼尔斯又跑出好远了。

这时,迎面走来了两个男人,他们边走边聊,从他们的声音听得出,他们并不算年老。于是尼尔斯又赶紧往他们身边跑。

那两个男人只顾说话,并不知道有个拇指大的小人儿紧跟在后。尼尔斯也不打算跟他们说话,更不打算寻求他们的保护,只想跟在他们后边,这样斯密就不敢追上来了。

"狐狸的目标比我大,他如果跑到人跟前来,人就会抓他、打他,所以他不敢来。"这是尼尔斯的想法,对一般狐狸来说是没错的。可是对斯密,那个疯狂至极的家伙,就不见得合适了。这不,刚过了不久,尼尔斯就听到身后传来斯密用前爪刨地的声音,斯密追上来了,他明白自己刚才想得太简单了。

"喂!大哥,你听,我们后边有刨地声。"一个男人说。

"没错，二弟，我也听到了。"另一个男人边说边回头看了看，"你看，那是不是一只狗，跟在我们身后，离我们越来越近，难道是要咬我们吗？"

"看不大清。不过，别怕，大哥，看我打跑它。"第一个说话的那个男人大喝一声，"滚开，你这该死的狗，老跟在我们身后干什么！"他一脚下去，把斯密踢出有十几步远。斯密"吧嗒"一声摔到地上。

斯密忍着疼痛爬起来后，继续跟在那两个男人后面，但这次他始终保持着五步以上的距离，不敢靠太近了。两个男人不久进了一幢农舍，进屋睡觉了。

尼尔斯本打算跟两个男人一起到农舍里去，但在门前却看到有一只披着长毛、样子威武的大黄狗从窝里蹿出来迎接他的两位主人。这时，尼尔斯立刻改变了主意，他朝狗窝奔去。

"喂，看门狗，你叫大黄吗？你看上去很不错。"尼尔斯小声对大黄狗说，"我想请你帮帮我，抓住跟踪我的狐狸。他坏得很，不知道你愿意不愿意？"

这只看门狗的视力不太好，再加上年复一年地拴在狗窝的旁边，脾气很倔，动不动就爱跟人干仗。

"哼，叫我去抓狐狸，那是我的事吗？"这时，他肚里充满的怨气一下全部涌出来了，"你是什么？还没拇指大，也敢来取笑我？你没看见我被绳子锁着跑不了吗？你这个瞎眼睛的家伙，你是真看不到我的处境，还是假装看不到呢？你的眼睛干什么用的？你别再往前走，要是你再敢往前走几步，我就撕碎你，把你嚼着吃了，看你还能不能闲着没事拿我开心？"

"好家伙，样子凶巴巴的，我又没招你没惹你，你这是干什么呢？你这么大动肝火，早晚要把自己气病的。"尼尔斯心里这样想着，嘴里可不敢说出来，只吐了一下舌头，做了一个鬼脸，调节了一下自己的情绪。

看门狗见尼尔斯不说话，料他不会马上走开，于是卧倒在地上，用眼睛瞅着尼尔斯。

尼尔斯下定了决心，说："不管你是不是相信，反正我是不怕走到你跟前的。"说完，尼尔斯真跑到了狗跟前。

"我是尼尔斯，被小动物们叫作拇指，正同大雁阿咔他们一起旅行。"说到这儿，尼尔斯问："大黄，你听说过我吗？"

听尼尔斯如此说，看门狗睁大了眼认真地打量着他，当看门狗看清楚了，确信站在自己面前的小人儿就是拇指的时候，竟惊呆了，只是嘴唇在动，连一句话都不能再说出。

"我和阿咔他们今晚才到的这里。我是来找吃的东西，不想被一个叫斯密的坏狐狸赶到这里。因此我才想求助于你。"尼尔斯真行，几句话就把自己的来历说清楚了。

看门狗站起来，"我很久以前就听麻雀们说过你。"那只狗说，"想不到，你人这样小，却有惊天动地的壮举。你真叫我佩服，佩服得五体投地。"

"借大家吉言，到现在为止，我的旅行还都比较顺利。"尼尔斯还很谦逊，"可那是过去的事了，没什么可值得炫耀的。"说到这儿，尼尔斯转入了正题，"但是现在如果你不肯帮忙的话，我可就真的完了。因为追赶我的狐狸现在正埋伏在离这儿不远的门洞那儿。"

听到这儿，看门狗头朝农舍的大门用鼻子闻了闻，说："你说得不错，是有一只狐狸在门洞里，我已经闻到臊味儿了。你放心，有我在你就不用怕他。"说着，看门狗一下子蹿了出去，"汪，汪，汪"叫了三声。

"我想，我这一叫，狐狸就一定吓坏了，反正今天夜里他是不敢再找你的麻烦了。"看门狗真诚地对尼尔斯说。

"你大叫一阵子，只能吓一吓狐狸，是解决不了根本问题的。"尼尔斯说，"就算一时吓跑了，过不了多久他还会来的。最好的办法是把他捉住，当然是你把他捉住，那样就一劳永逸了。"

"我知道你又在取笑我。"看门狗这次虽然没有发火，却又显得很不高兴了。

"谁在取笑你，我说的话都是真的。"尼尔斯边说边拉了拉看门狗，"你跟我到窝里去，我会告诉你我的计策，不过不能让狐狸听到，否则我们的计策就失灵了。"尼尔斯和看门狗一起进了狗窝，在里面小声地商量起对付斯密的计策来了。

再说那个斯密，他一直躲在门洞里，注意着狗窝的动静，别提心里有多着急了。好不容易熬到没了嗡嗡的说话声，他才长长地吐了一口气。要知道，他少一只耳朵，听力也减弱了不少，虽说伸长了耳朵一直在听，却一句也没听清。

他从门洞探出头来，望望四周，一点儿动静都没有，于是他悄悄地溜到院子里。斯密站在院子中间，用鼻子闻了闻尼尔斯留下来的气味儿，沿着气味儿找到狗窝附近，他知道尼尔斯就在狗窝里，但他就是不敢进去。只好蹲在离狗窝十几步远的地方，盘算着如何把尼尔斯引出狗窝，再另作打算。

没料到，这时看门狗突然从狗窝里伸出脑袋来，对着斯密大喊大闹："臊狐狸，坏东西，你马上给我滚开，不然的话，看我出来怎样收拾你。"

"哼，我愿意在这儿蹲多久就蹲多久，你也就是说说大话罢了。你那条套住脖子的绳子到底有多长？三尺？五尺？你能够着我吗？想收拾我，你还是先去问问你的绳子，等它同意再说吧。哼！"斯密也不示弱，面带着嘲讽的神气说道。

"我叫你滚开你就快滚开，说那么多废话干什么？"看门狗再次吼道，"你不用管绳子长与短，你乖乖走才是正经。否则，你将要变成我的部下，再也没自由了。听清楚了没有？"

很明显这次斯密也并没把看门狗的警告当回事，他冷笑几声："哼！哼！哼！"声调一声比一声高，一声比一声怪，全像是从鼻孔中发出来的，充满了对看门狗的轻蔑。他仍在原地一动都没有动，还眯缝着小眼儿，慢悠悠地对看门狗说："你可别吓唬我，如果你脖子上的绳够长的话，你早就扑过来了。"

"不听劝的家伙。"看门狗说，"我可是警告过你两次了。事不过三，我再最后警告你一次，你现在马上离开这里还来得及。如果你再不走，吃亏的只能是你自己。"看门狗对斯密下了最后的通牒，而且是非常严厉的。

"我说不走就不走，你能把我怎么样？你叫我走，也行，去把那个小人儿叼出来，交到我面前，我就带他一起走。"斯密不识时务，到了这个时候，还在讨价还价，简直是痴心妄想啊！

"我叫你不走！"看门狗说着，猛地纵身向前一扑，蹿了出去，毫不费力地就把斯密扑在了自己的身子底下，让斯密来了个措手不及。

看门狗和斯密撕咬在一起，不论是个头儿，还是体力，斯密都不及看门狗，因此，胜负很快就决出来了，看门狗大获全胜。为了保住老命，斯密趴在了地上。

"呸，你个不识好歹的东西，你最好别动！"看门狗站起身来，大吼一声，"你敢动，我就一口结束你的老命。"斯密并不傻，这回乖乖地听话，一动也不动了。

看门狗叼起了狐狸后脖颈子上的皮毛，把他拖到狗窝里，这时斯密的死活全掌握在看门狗和尼尔斯的手里，他只好听凭他们的发落了。

这时，尼尔斯解下了大黄狗脖子上的套圈，把套圈一下套到了斯密的脖子上。

"斯密，这就是你的结局。从今往后你会跟大黄在一起，听他的指挥。从现在开始，你就是新来的看门狗了！"说完，尼尔斯就准备朝农舍的大门口走去，他要去找大雁们。

"等等，先别急。"大黄在叫尼尔斯，"你不是来找吃的东西吗？你饿了这半夜，一定够难受的。"说完，看门狗叼起一个东西，要递到尼尔斯手里。

尼尔斯看了看，那是一块馅饼，实在太大，跟尼尔斯体积相比，足有 10 倍以上呢！他拿不动，示意他放在狗窝旁边的一个盘子里，连声说："谢谢，谢谢你！"

看门狗说："这块馅饼是主人的夫人送给我留着明天早上吃的，她总是提前就给我送来早上吃的东西。不过现在我想把它先转送给你。你别担心，我明天早上可随便吃点儿，我这儿还有昨晚吃剩下的东西。你先吃吧！"

尼尔斯实在太饿了，他大口大口地吃起馅饼。填饱了肚皮，他又从边上撕下一小块没馅的地方，装在裤袋里。这才又一次告辞，出了农舍，动身去找大雁阿咔他们了。这一次，尼尔斯终于彻底摆脱了斯密，他不禁在心里长长地舒了一口气。

第十三章

尼尔斯在渡鸦的带领下见识了大学生读书、做学问的生活，为了帮助大学生，他放弃了可以迅速复原的绝佳机会。

比喻尼尔斯在
急切的心情下
速度非常快。

尼尔斯马不停蹄地连夜赶回了叶尔斯塔湾，他要尽快把昨天夜里发生的事情告诉大家，让大家乐上一阵子。

当听说斯密变成了看家狗以后，大家都觉得斯密是罪有应得。

"太好了，咱们终于摆脱了这只可恶的狐狸。从我带领大家旅行之日起到现在，他就像蒙在我心头的阴影。多亏拇指的帮助，从今天起，咱们就可以带着好心情出发了。"阿咔说。于是他们边谈论斯密边飞行，天黑了，才降落在埃考尔松德附近的一大片草地上。

大家刚躺下一会儿，尼尔斯就看见渡鸦巴塔基从云层里钻了出来。

尼尔斯本来想尽力躲避他，但渡鸦早已发现了他，转眼间就落在金盏花中，与尼尔斯讲起话来，就好像他们是认识多年的好朋友一样！

谈话一开始，尼尔斯就从渡鸦狡黠的眼神里看出他要把自己引入一个什么圈套似的。于是他打定主意，无论渡鸦说什么，他都不予理睬。

"喂，拇指，我这次来找你，是要告诉你一个天大的机密。"渡鸦一开口就设置了悬念，他说，"我知道用什么办法能让你恢复原来的形体。不知道你想不想听呢？"

渡鸦以为，他抛出这样一个诱饵，尼尔斯就会立即上钩，但是恰恰相反，尼尔斯只是淡淡地回答说："还有什么办法？不就是把莫顿照顾好，让他完好无损地回到拉普兰，然后再回到家中，我就可以变成人形吗？"

从尼尔斯的反应来看，他已经逐渐变得成熟、睿智。

"也不尽然。"渡鸦显出很关心的样子说，"你要知道，一个拇指大的小人儿，带着一只雄鹅安全地周游全国可不是一件轻而易举的事情呢！"说到这儿，渡鸦又显得非常神秘，他说："为了以防万一，我可以给你另指一条出路。"

"如果你愿意告诉我，那我倒也不反对。"尼尔斯有些不耐烦地说。

"告诉是可以的，"渡鸦解释说，"但是要等时机。骑到我背上来，跟着我出去一趟，我们看看有没有合适的机会。来吧，没有什么不放心的！"

渡鸦其实也是个热心的家伙。

说完，渡鸦把尼尔斯带到了乌普萨拉。他把他放在一个房顶上，让他向四周看了看，然后问他住在哪个城市和管辖着那个城市的是些什么人。

通过尼尔斯的
视角描述了城
市的面貌。

尼尔斯环视着那个城市。城市很大，雄伟地矗立在一片布满耕地的辽阔平原上。市内有很多豪华的高大建筑，在一个山坡上有座两个大尖塔的豪华宫殿。

"大概是国王和他的属员住在这里吧?"尼尔斯问道。

"猜得差不多，"渡鸦答，"古时候国王曾在这里建都，但是这座城市现在已经衰落了!"

男孩又向周围看了看，他首先看到的是一个大教堂，在晚霞中闪耀着夺目的光辉，教堂有三个很高的尖塔，有壮丽的大门和装饰美观的墙壁。

"可能是主教和他的牧师们住在这里吧?"尼尔斯问。

"猜得差不多。"渡鸦回答说，"过去这里曾经住过几个显赫的大主教，直到今天仍然有一个大主教住在这里，但是现在却不是他在管辖这个城市了。"

"那是谁在掌管这里的权力呢?"尼尔斯更加迷惑了。

"现在是知识住在这里，知识在管辖着这座城市，"渡鸦接着说，"你所看到的那些高大建筑都是为知识和有知识的人建造的。"

"简直是莫名其妙。"尼尔斯说。

"来吧，拇指，"渡鸦又把尼尔斯放到了背上，"让我带着你去看一看，建筑者们专门为有知识的人建造的场所，你就会明白了。"

渡鸦先带着尼尔斯参观了一所大学的主楼，并让他看了雄伟的报告大厅、放满书籍的大图书馆。又驮着他飞越了古斯塔夫大楼的旧校舍，透过明亮的窗子，尼尔斯看到陈列室里陈列着的众多动物标本，大温室里培育的各种珍稀的植物。他们还特意到天文观测台上去参观了一番。

然后渡鸦还带着尼尔斯飞到一所大学的宿舍楼群里，尼尔斯透过带有窗纱的窗口，看到了许多鼻梁上架着眼镜的老学者，他们正坐在写字台前著书立说。尼尔斯还从阁楼的小门口看到一个又一个的大学生，他们正挺着身子坐在沙发上专心致志地阅读书籍。

最后，渡鸦才带着尼尔斯落到了一个屋顶上，他们接着参观前的话题又叙谈了一场。

渡鸦问："拇指，你都看见了，我说的有没有错？知识是这个城市的主人！"

尼尔斯承认渡鸦说得对。

"如果我不是一只乌鸦，"渡鸦强调说，"而是像你一样的人，那么，我就要住在这个城市里，我要整天坐在装满书的房间里，我要跟在戴眼镜的老学者身后，把一切知识全都学到手。难道你就没有这兴趣吗？"

"没有。"尼尔斯回答得很干脆，"我更愿意跟随大雁们四处飞翔。"

"难道你不想成为一个能给别人治病、挽救别人生命的医生吗？"渡鸦问。

这些都是尼尔斯以前从来不想，也从未接触过的东西。

尼尔斯初步了解了大学生活是什么样子。

渡鸦开始了循循善诱。

"哦,这……但愿能如此。"

"难道你不想成为世界上什么事情都知道,能讲好几种外语,可以指明太阳、月亮、星星运行的轨道的学者吗?"渡鸦问。

"唔,那倒是挺不错的。"尼尔斯答,"我愿意!"

"难道你不愿意分清善恶,明辨是非,为他人着想,以心换心吗?"渡鸦问。

"这是非常必要的,我已经完全体会到了。"尼尔斯答,"我愿意!"

"难道你不想学业有成,当个牧师,在你老家附近的教堂里给乡亲们传播福音吗?"渡鸦问。

尼尔斯开始为家人考虑,放弃了从前自私的态度。

"如果我有那样渊博的学问,我的父母一定会很高兴。"尼尔斯回答说。

在和渡鸦的一问一答中,尼尔斯开始认识到知识的重要性了。但尼尔斯还是没有当学生的愿望。

说来凑巧,乌普萨拉市每年为迎接春天的到来而举行的盛大集会正好在那天傍晚举行。

在大学生们涌向植物园参加集会的时候,尼尔斯有幸看到了他们。他们头上戴着白帽,走在很宽很长的队伍里,整个街道就像一条黑色的急流,里面开满了白色的睡莲。

白色的锦旗在队前引路,大学生们在行进中唱着赞美春天的歌。歌声在他们头顶上回落,仿佛不是大学生们在歌唱春天,而是春天在为大学生们歌唱呢。尼尔斯

无法相信，人的歌声竟会那么嘹亮，就像松柏树林里风
吹过的松涛声，就像钢铁锤击时的铿锵声，也像野天鹅
在海岸边发出的鸣叫声。

　　植物园里的大草坪嫩绿青翠，树木的枝条都已经泛
出了绿色，绽出了嫩芽。大学生们走进去以后，集合在
一个讲台前，一个英俊洒脱的年轻人踏上讲台，对他们
讲起话来。

　　讲台就设置在大温室前面的台阶上，渡鸦把尼尔斯
放在温室的棚顶上，他就安安静静地坐在那里，听着一
个人又一个人的演讲。

　　最后是一位上了年纪的长者走上讲台。他说，人生
之中最美好的岁月就是在乌普萨拉度过的青春时光。他
讲到了宁静美好的读书生活和除此之外无法享受到的丰
富多彩的青春欢乐。他一次又一次地谈到生活在无忧无
愁、品格高尚的同学们中是人生最大的幸福。正是因为
如此，艰辛的学习才变得如此令人快慰，人生的前途才
变得如此光明。

　　尼尔斯坐在棚顶上看着在讲台周围排成半圆形的大
学生。他渐渐明白过来，能够融入到这个圈子里是最体
面不过的事情，那是一种崇高的荣誉和幸福。

　　每一次演讲完毕之后，同学们就唱起歌来，唱完歌
以后又接着讲话。尼尔斯从来没有想到为什么把一些字
连起来竟会产生那么大的力量，可以使人深受感动，也
可以使人大受鼓舞，还可以使人欢欣雀跃。

说明知识到任何时候都是受人尊敬的。

尼尔斯注意到植物园里并不光有大学生。那里还有不少穿着艳丽、头戴漂亮春帽的年轻姑娘，以及其他的人。不过他们好像也同他一样，到那里是为了观看大学生们的集会。

演讲和歌唱之间有时会出现片刻的休息，那时候人群就遍布整个植物园，但是当新的演讲者一登上讲台，听众们又围聚到他的周围。那样一直持续到天色昏暗下来。

经过这一场奇遇，尼尔斯开始思考起他自己生命的意义。

迎春集会结束了，尼尔斯深深地吸了一口气，他揉了揉眼睛，好像刚刚从梦中惊醒过来一样。他似乎已经到过了一个从来没有去过的陌生国度。他从那些青春年少、对未来信心十足的大学生们身上受到了感染，也像他们一样陶醉在欢乐中。但是当最后的歌声消失的时候，他却有了一种茫然的惆怅，感觉到了自己生活的不幸，他甚至不愿意回到自己的旅伴身边去了。

渡鸦看出尼尔斯已经深深地被这里的气氛感染了，便走到尼尔斯对面说："拇指，现在时机已成熟，我告诉你怎样可以重新变成人吧！"渡鸦又说，"你必须找到一个人，如果他同意穿上你的衣服，跟随大雁们去游荡，你就抓住机会对他念下面的咒语，咒语是……"显然，这咒语神奇而可怕，不到真正用的时候就不能大声说，所以渡鸦只是对着尼尔斯耳语了一番。

"好了，你想重新变成人，只要不失时机地念出这句咒语就成。"渡鸦又嘱咐了一句。

"就算这句咒语真的管用。"尼尔斯无精打采地说，"可是我想，我永远也不会碰到有人愿意穿上我的衣服跟着大雁们去旅行。"

"也不是绝对不可能的，"渡鸦劝解道，"我现在就带你去找找，看看有没有这样的人。"说完，他把尼尔斯放到后背上，向前飞去了。

渡鸦把尼尔斯带到城里一个阁楼的屋顶上，屋里亮着灯，窗户半开着，里面有一个大学生在熟睡，尼尔斯心想："他生活得多么幸福啊！"想着想着，他顺着窗户爬进了屋里。

不知过了多少时候，大学生突然从睡梦中惊醒，他起身准备去关灯。就在这时，他瞟了书桌一眼，"奇怪，书桌上有个什么东西在爬？"他揉揉眼睛，又看了看，这才看清楚了，"没错，是个很小很小的小人儿，他正伏在黄油盒子上，往手里的面包上抹黄油呢！"

大学生白天经历的事情太多了，他几乎对眼前的事情无动于衷。他既不害怕，也不惊奇，反而觉得，那个小人儿到屋里来弄点儿吃的很正常。

大学生没有去关灯，而是眯着眼睛，偷偷地观察那个小人儿的一举一动。看得出，这个小人儿正心满意足地坐在那里，细细地品尝着面包黄油的滋味儿呢。你看他，尽量把吃的时间拖长，以便细嚼慢咽，显然，那些干面包渣儿和剩余的奶酪渣儿，对他来说是罕见的美味！

尼尔斯已经感到，所谓无所事事地自由翱翔也不见得是什么好事。

反映了他内心对知识的向往和渴望，这是之前从未有过的。

可以看出，这位大学生是心地善良、宽厚的人。

小人儿吃饭的时候，大学生一直没有去打扰他。等小人儿打着饱嗝再也吃不下去的时候，大学生便开口同他攀谈起来了。

"喂，书桌上的朋友，你好！我想知道你是什么人，为什么到我这儿来吃东西？"大学生问。

尼尔斯大吃一惊，拔腿就朝窗口跑。跑了几步，回头看到大学生并没追他，还躺在床上，他就停住了。

"大学生，你好！我是尼尔斯·豪格尔森。"尼尔斯不想隐瞒，照实说了，"以前，我跟你一样，是一个正常的人，我今年十四岁，后来被小狐仙施了法术变成现在这样。从此以后我就离开了家，跟着一群大雁到处游览观光。"

"哎呀，真是世界之大，无奇不有。"大学生赞叹后又问，"你跟大雁在一起多长时间了？你的生活一定跟传奇故事一样有趣吧？"

尼尔斯开始真正地认清自我。

"从三月份的春天开始，我就跟大雁在一起，他们对我很好，我在游览观光之余接触了很多动物，懂得了不少做人的道理。"尼尔斯回答起来简明扼要。

"你过得真不错。"大学生羡慕地说道，"要是我能穿上你的衣服，跟大雁们到处遨游的话，也就可以摆脱一切烦恼了！"

听到大学生的话，站在窗台上的渡鸦就赶忙用嘴啄起窗户上的玻璃来了。尼尔斯心里明白，渡鸦这是在暗示他，及时说出咒语，变成原形的机会到了。

让渡鸦万万没有想到的是，尼尔斯没说咒语，却说了下面的话："你不应该跟我换衣服，当大学生是让人羡慕的。"看得出，尼尔斯是认真的。

"是的，我今天早上醒来时也是这样想的。我是个优秀的大学生，生活俭朴、学习勤奋，所有的同学和老师都喜欢我。我的学习生活非常顺利，再参加一次大考，我就结业了。只要我按时结业，我马上就会得到一个高薪的职业，但是，你不知道，我今天出了一件什么事。我的一切都算完了。所以我想，如果说我能穿上你的衣服，跟大雁一走了之，对我来说，未尝不是一件好事呢！"大学生长叹一声说。

就在这时，尼尔斯听见渡鸦再次啄打起窗上的玻璃，尼尔斯的心在怦怦地跳着，他想起那句咒语，可是刚一张嘴，却又说出让渡鸦失望的话来了。

反映出现在的尼尔斯已经完全蜕变为一个善良、正直的人，因为他的话都是脱口而出。

"你做了什么错事，可不可以说给我听听？也许我能帮助你。"尼尔斯忘了自己的处境，倒为大学生解起忧来。

"哼，变不回原样，你可别怪我！"窗外的渡鸦气愤地想着。

"我因为不小心，没有照看好同学的论文手稿，让它们被一阵风吹走了。不见了手稿，我那位同学都急病了，我知道，他为了写成这篇论文，足足花了半年多的时间，他的心血都白费了。"大学生把所谓的错事原原本本地讲了出来，接着又懊悔地说，"手稿找不回来了，

这个大学生也是同样善良、正直，他不是为了自己而难过。

这是没法改变的事实，是我给同学带来了不幸，我应该受到惩罚。所以我想，假如我穿上你的衣服，跟大雁们走，我心里也许会好受得多。"

尼尔斯又听到渡鸦在拼命地啄打着玻璃，这种奇怪的举动，连那位伤心至极的大学生都注意到了，但他只是不解地朝窗外望了一眼，就又沉浸在无限的痛苦中了。而尼尔斯却坐在那里，一动也不动。

就这样沉默了很久，尼尔斯才又看了一眼大学生，像是有了什么主意。

"请你稍等一下，我很快就给你答复。"尼尔斯压低了声音对大学生说，然后他就慢慢地从桌子上走到窗前，跳了出去。当他来到房顶上的时候，太阳正徐徐升起，红色的朝霞洒满乌普萨拉。每一个尖塔和碉楼都在闪闪发亮。尼尔斯情不自禁地想道，这真是个欢乐的城市！

"你怎么搞的？"渡鸦在窗外埋怨说，"你把变回原形的机会都错过了！"

尼尔斯仍旧感觉能对他人有帮助是最大的乐趣，这比自己的快乐还重要。

"能否与大学生对调，我根本无所谓，"尼尔斯说，"我难过的只是那些被风刮跑的手稿！"

"你用不着为这件事发愁。"渡鸦说，"我自有找回那手稿的办法。"说完，渡鸦立即展开双翅飞入云霄里去了，不一会儿，他就衔着两三张稿纸回来了。然后又离去，一会儿，又衔回来两三张，也交给了尼尔斯。就这样，渡鸦飞来飞去，飞去飞来，足足倒腾了一个小时，最后把全部手稿都交给了尼尔斯。

"辛苦你啦!"尼尔斯已经把手稿给了大学生，他高兴地一指屋里，"你看，现在那个大学生可高兴坏啦!"

渡鸦从窗口往屋里看看，果然，那个大学生正站在桌旁整理手稿呢!

"唉，你让我说你什么好呢? 你真是天底下第一号的大傻瓜!"渡鸦按捺不住心头的怒火，朝尼尔斯大发雷霆了，"谁叫你把手稿交给了他的? 这回可好，你不用再进去和他讲话了，他也不需要穿你的衣服了。你今天变不回原形了，我的苦心都白费了，你知道吗?"

尼尔斯站在那里，看看小屋里那个只穿着一件衬衫、高兴得手舞足蹈的大学生，他回过头来对渡鸦说: "现在，我完全明白了，你是在考验我。你一定在想，一旦我自己能生活得好，我就会抛弃莫顿，让他独自去面对旅途中的风风雨雨。可是，当那个大学生讲起他给同学带来的不幸，想一走了之时，我突然意识到，抛弃朋友是最丑恶的行为，莫顿是我的朋友，我不能那样做。"

尼尔斯的一席话，说得在情在理，让渡鸦听了，很受感动。

渡鸦用一只爪子直抓后脑勺儿，脸上露出了尴尬的神色。他一句话也没有说，驮着尼尔斯径直朝大雁们所在的地方飞去了。

白白错过了好机会，渡鸦当然很气愤。

这是尼尔斯的内心由感性到理性的升华。

▌情境赏析▌

这一章对于这个故事中尼尔斯的整个经历是至关重要的转折点。如果说之前的他，帮助朋友、为他人着想，还仅仅停留在由最初的愧疚到真正的友善，而今，他的内心已完成了由情感到理智的蜕变和升华，在和渡鸦的这一次共同的奇遇中，他懂得了人不仅仅需要自由，更需要责任，他也更成熟地思考了生命和生活的意义所在。

▌名家点评▌

拉格洛芙的作品深深植根于瑞典民间传说、逸事、历史事件，以及瑞典社会的现实生活，偏离于当时占主导地位的现实主义文学潮流，而以浪漫和虚构的方式来讲述瑞典北部的乡下人生活以及自然环境。

——朱光潜

在小灰雁邓芬的请求下大家去了一趟她的家乡，没想到莫顿却上了小灰雁姐姐的圈套……

白从尼尔斯和莫顿带着小灰雁邓芬归来后，邓芬就加入了大雁的行列，跟大家一起飞行，大家都特别喜欢她。

每次一提到邓芬，大家都公认她是最温柔体贴、最善解人意的鸟儿。所有的大雁都非常喜爱她。白雄鹅莫顿更是愿意为她献出生命而在所不惜。邓芬不管提出什么要求，领头雁阿咔都是有求必应的。

邓芬一到梅拉伦湖，就立即认出了那个地方。离这里不远的海上有一个大群岛，她的父母和姐妹就住在那里的一个小岛上。于是，她请求大雁们在继续向北飞行之前，到她家里去一趟，以便让她的亲人知道她还活着。这对家里的人来说将是一件大喜事。

没想到这一回，阿咔却直截了当地拒绝了邓芬的请求。阿咔坦率地说，当初邓芬的父母姐妹把她独自扔在厄兰岛上不管，根本就是不爱她。

可是邓芬却不那样想。"他们眼巴巴看着我飞不起来，又有什么办法呢？"她说，"他们总不能因为我而留在厄兰岛上啊。"

邓芬为了说服大雁们飞到那里去，便对他们讲起了自己在岩石岛上的家。

那是一个很小的石头岛。要是从远处看去，人们会以为那里除了石头什么也没有，但是到了那里以后就会发现，在峡谷和低地里都有水草肥美的牧场。在山沟里或柳树丛里都可以找得到最理想的筑巢地点。那里最大的好处是岛上住着一个老渔夫。他在年轻的时候是一个好猎手，常常埋伏在海岛上打鸟。可是到了晚年，他的妻子去世了，孩子们也陆续离开了家，只剩下他孤身一人时，他就开始保护岛上的鸟儿了，他不射杀鸟，当然，他也不允许别人那样做。他会常常在鸟巢之间走来走去，当雌鸟孵蛋的时候，他就给他们采集食物。岛上没有一只鸟见他害怕。小灰雁邓芬就曾经到他的茅屋里去过好几次，他还用面包屑喂她呢。正是由于渔夫对鸟儿善良，大批的鸟儿才迁到了岛上，致使他住的地方拥挤起来，要是哪只鸟儿春天回来迟了，可能连筑巢的地方都找不着。就是因为这个原因，邓芬的父母姐妹才不得不匆匆离开她。

小灰雁邓芬一直坚持自己的请求，尽管大雁们觉得已经迟了，应该一直向北飞，然而她的请求还是被批准了。但是阿卡规定，来回不能超过一天时间。

于是，一天早晨，他们饱餐一顿以后就启程向东飞过梅拉伦湖。尼尔斯不大明白他们飞行的路线，不过他感觉得出来，越是朝东飞去，湖面上的船只往来就越繁忙，湖岸上的建筑物就越密集。

满载货物的大平底船、驳船、帆船和渔船，竞相朝东进发，许多漂亮的白色小汽艇来来往往，从水面掠过。湖岸上公路和铁路并行，都朝同一个方向伸去。似乎在东面有个什么地方，大家都往那里赶。

尼尔斯看到，在一个岛上有一个白色的大宫殿，在东边更远的地方，湖岸上林立着许许多多消夏别墅。起初别墅还是稀稀落落的，后来整个湖岸都布满了大大小小的别墅。那些别墅风格各异，有的是一幢公馆，有的是一间平房，有的是一座又长又矮的庄园住房，也有的上面修着许多尖塔。少数别墅的周围建有花园，大多数别墅则坐落在湖岸两旁的阔叶林里，屋外没有栽种什么花草。尽管这些别墅千姿百态，格局迥然不同，但是它们也有一个共同之处，那就是它们都不像其他建筑物那样庄重和单调，而是像供儿童玩耍的玩具屋那样涂着好看的浅蓝色、嫩绿色、乳白色和粉红色。

尼尔斯正俯视着湖岸上那些可爱的别墅，小灰雁邓芬突然大声尖叫起来："我认出来啦，一点儿没错，那边就是那座漂浮在水面上的城市。"

尼尔斯挺直身子，举目观望，起初除了在水面上滚动的几团薄雾以外，他什么也没有发现，但是渐渐地他就辨认出了那是些高入云际的尖塔和高楼大厦。它们时隐时现，像云雾一样飘浮不定。它们周围没有一丁点儿湖滨堤岸，似乎所有的建筑物都漂浮在水面上。

当他们接近城市的时候，沿岸那些鲜艳活泼的、有如玩具屋一般的房屋却看不见了。湖岸被灰暗的厂房覆盖。高高的栅栏后面存放着大堆的煤块和木板。乌黑肮脏的码头前面停靠着笨重的货轮。

大雁们飞过那些工厂和货轮，接近了那些薄雾缭绕的尖塔。这时，所有的雾团蓦地沉向水面，只剩下几片又薄又轻的雾被染成了美丽的淡红色和淡蓝色，在他们的头顶盘旋。所有的建筑物的下半部分被遮住了，只有最上面的几层屋顶、尖塔显得极为醒目。因此，一些建筑物看上去异常高大，就像古代巴比伦的通天塔一样。尼尔斯想，这些建筑一定是矗立在小丘和高地上，但是小丘和高地又看不见，看到的只是从云雾中耸立起来的建筑。一团一团的雾闪着白光四处飘动，而矗立在那里的建筑物却暗淡无光，因为太阳在东面，阳光还没有照到那里。

尼尔斯知道，他们此时飞过的一定是一个大城市的上空，因为他看到各处都是刺破云雾的屋顶和尖塔。在缭绕的云雾中不时露出一些空隙，他透过空隙看了看下面，一条急流正在奔腾咆哮，但是仍然没有一星半点儿陆地。这个城市风景独好，但也让人感到难以领略。

他们一飞过城市，尼尔斯就再也见不到被云雾遮盖的土地了，湖岸、水和岛屿又可以看得十分清楚。他又回过头来，想更仔细地看那座城市，但是让他大为惊奇的是，那座城市此时显得更加玄妙，薄雾在阳光下被染成了淡红色、湛蓝色或者金黄色。那些房屋都变成了白颜色，似乎它们是用光造成的，而窗子和塔尖却像熊熊烈火一样，闪闪发亮。而所有的建筑物同刚才一样，都是浮动在水面上的。

大雁们一直朝东飞去。起初，那里的景色与梅拉伦湖畔差不多一样。他们首先飞过的是工厂和作坊。然后湖滨出现了别墅。汽船和驳船拥在一起，从东向西朝城市驶去。

他们继续朝前飞去，展现在他们身底下的不再是梅拉伦湖那样的狭窄港湾和小岛了，而是辽阔的水面和大一些的岛屿。岛屿上的草木越来越稀疏，阔叶树更加罕见，松树林倒是一片一片的。那些别墅早已见不到，只有农舍和渔民的小屋还时而映入眼帘。

他们又向前飞了一段，有人居住的岛屿看不到了，只有无数的小岩石岛星罗棋布地撒落在水面上，港湾两旁不再受陆地夹攻，大海展现在他们面前，辽阔无际。

大雁们降落在一个岩石岛上。他们落地以后，尼尔斯转过头来问小灰雁邓芬："我们刚才飞过的是哪个大城市？"

"我不知道你们人类怎么称呼它，"邓芬说道，"我们灰雁都把它叫作漂浮在水面上的城市。"

现在，我们来说说小灰雁邓芬家里的情况，邓芬有两个姐姐，一个叫邓妮，一个叫邓娜。她们都是体格矫健、头脑聪明的鸟儿，但是她们既没有邓芬那样柔软斑斓的羽毛，也没有她那样温顺体贴、善解人意的性格。从她们还是黄毛小雁的时候起，她们的父母和亲戚，甚至那个老渔夫，都对邓芬非常疼爱。这让两个姐姐嫉妒不已。

当大雁们在岩石岛上落下时，邓妮和邓娜正在离岸边不远的小草地上觅食，他们马上就看见了那些不速之客。

"你看，邓娜妹妹，飞落在岛上的这些大雁多么漂亮！"邓妮说道，"我还很少见过长得那么好看的鸟儿，你瞧见没有，他们当中有一只白雄鹅！你见过比他更潇洒的鸟吗？也许人们真会把他当成一只天鹅呢！"

邓娜觉得姐姐的赞美句句在理，这些尊贵的客人竟然来到孤岛上，真是万分荣幸。但是她突然中断自己的想法喊了起来："邓妮姐姐，邓妮姐姐，你看他们把谁带来了？"

邓妮这时也瞅见了邓芬，她惊得目瞪口呆，嘴里不停地发出唑唑的声音："这绝对不可能，怎么偏偏会是她呢？她怎么会混到这些贵客当中去呢？我们当初略施小计，把她撇在厄兰岛上，是存心要让她活活饿死的呀！"

"哼，这下倒好，她一定会在父母亲面前告状，说是我们使劲儿挤她，才使她的翅膀脱了臼的，"邓娜惶惶不安地说道，"你等着瞧吧，最后父母可能会把我们撵出小岛的。"

"唉，这个叫人讨厌的小东西一回来，我们受苦受气的日子就少不了啦，"邓妮恨恨地说道，"但是我觉得，最聪明的做法是，我们对她回来要显得异常高兴。她很笨，也许她根本就没有发现我们当时是故意推她。"

当邓妮和邓娜小声说话的时候，大雁们早已站在岸上，整理好他们的羽翎，排起长队，爬上多石的堤岸，朝着一条小山沟走去，小灰雁邓芬的父母通常都在那里。

小灰雁邓芬的父母人品都很好，他们在那个岛上住的时间比任何鸟都长久，他们对所有的新来者都想方设法地给予帮助。雁群飞落下来的时候，他们也看见了，只是没有认出飞在雁群中的邓芬。

"真是件怪事，竟会有雁群降落到这么一个荒僻的孤岛上来。"邓芬的父亲说，"这是一群很出色的大雁。他们还没有落下来，我就看出来了。但是，他们数量那么多，要找到觅食的地方可不是件容易的事情。"

"哦，我们还没有拥挤到无法接待他们的地步。"他的妻子回答说，她也同小女儿邓芬一样温柔善良。

阿咔他们走过来了，邓芬的父母亲赶紧迎上前去，他们刚要对雁群来到岛上表示欢迎时，走在队伍最末尾的小灰雁邓芬就飞过来落在父母亲中间。

"爸爸，妈妈，我回来啦！难道你们没有认出女儿邓芬来吗？"她激动地叫喊道。

起初两只老灰雁还没有完全弄清楚他们看到的是谁，但是当他们认出了女儿以后，禁不住喜出望外。

正当大雁们、雄鹅莫顿和邓芬自己七嘴八舌地讲述邓芬获救的经过时，邓妮和邓娜也匆匆跑来了，她们俩从老远就呼喊着妹妹，对邓芬平安归来显得那么欣喜雀跃，邓芬心里非常感动。

大雁们在岛上感到很适应，决定一直住到第二天早上再继续飞行。过了一会儿，邓芬的两个姐姐跑过来问她，愿不愿意跟她们去看看她们选中的筑巢地点。邓芬马上跟着她们去了，她看到她们选的都是非常安全的地方。

"邓芬，你打算在这里住下？"他们问道。

"我吗？"邓芬说，"我不打算留在岛上，我要跟随大雁们一起飞到拉普兰去。"

"哦，你那么快就要离开我们，真是太可惜啦。"两个姐姐异口同声地说道。

"是啊，我本来也想在你们和爸爸、妈妈身边多住一些日子，"邓芬不胜惋惜地说道，"可是我已经答应了大白鹅……"

"什么？"邓妮气急败坏地惊呼起来，"你要嫁给那只雄鹅？那么……"她刚说到这里，邓娜用力捅了捅她，于是她就连忙住了口。

邓芬的两个坏姐姐整整议论了她一个上午。她们为邓芬找到了那样一个追求者气得肺都要炸了。她们自己也有追求者，但都是普普通通的灰雁，根本不像雄鹅莫顿那样英俊伟岸。自从她们见到雄鹅莫顿以后，她们觉得自己的追求者是那么难看，她们连看都不想看她们了。

"她非要把我气死不可，"邓娜哇哇地嚷起来，"起码说，能配得上他的是你，邓妮姐姐。"

"我更巴不得他死了才好，这样省得我整个夏天都去想邓芬嫁给白鹅有多么快活。"邓妮恨恨地说道。

不过，两位姐姐仍旧强颜欢笑，装出对邓芬非常亲热的样子。到了下午，邓娜带了邓芬去拜访她自己的未婚夫。"你看，他可长得远不如你的那位漂亮，"邓娜说道，"不过反过来说也有个好处，那就是他的外表同内心一样，叫人放心。"

"你这是什么意思，邓娜姐姐？"邓芬嗔怪道。

邓娜起初并不想过多地解释她的话，但听到邓芬这样追问，就灵机一动。"我们从来没有看到过有哪一只白鹅跟大雁混在一起的，"姐姐说道，"我们疑心他是受了妖术变来的。"

"哈，我的二姐，你真傻，我也告诉你实话。"邓芬说，"莫顿他只是一只家鹅。"

"再说，他身边还有个受了妖术的小人儿，"邓娜装作关心邓芬的样子说，"说不定莫顿也是妖术变来的，你难道不害怕吗？万一他的原形是一只浑身乌黑的水老鸦呢？眼睁睁地看着你跟一只水老鸦走让我多么伤心啊！"说到这儿，邓娜又装出懂得很多似的说："我听说，有一个办法可以考验考验他，你可以试一试，反正也没有什么坏处的！"

"什么办法？"邓芬当真了。

"办法嘛，再简单不过。我这里采了一些草根，一会儿你去看他时，想办法叫他吃下去。如果莫顿是黑色水老鸦变的，吃了以后就会现出原形的。"

邓芬最容易轻信，她有些心动了……

傍晚，尼尔斯坐在大雁中间听阿咔讲故事，正听得高兴时，邓芬匆匆飞来。

"拇指，拇指。"她大叫着，"你快去看看，莫顿不行了，是我害了他，他快死了，拇指你们快跟我走。"

尼尔斯和阿咔他们来到邓芬和莫顿待过的地方，只见莫顿躺在地上，闭着眼睛，呼吸急促，话都说不出来了。

"抠一抠他的喉头，再捶一捶他的背，让他把胃里的东西吐出来，快抠！"阿咔吩咐。

尼尔斯照阿咔说的话做了，莫顿恶心得呕吐起来，他吐出一两段草根来了。

"天啊！你吞下这种草根干什么，那东西能吃吗？"阿咔说。

"是邓芬叫我吃的。"莫顿不愿指责邓芬，没再说什么。

"这种草根是有毒的，毒性很大，幸亏它卡在你的喉咙里了。"阿咔说，"如果你咽下去的话，再过一段时间，你可真的没命了。你以后可不能乱吃东西了。"

"那草根是我二姐给我的。"邓芬说完，就把下午二姐邓娜和她的谈话对大家说了。

"你要提防你的两个姐姐。"阿咔说，"你不是也知道，她们对你是不怀好意的吗？"

邓芬点了点头，似乎记住了阿咔所说的话一样。实际上大家都明白，邓芬生性善良，从不把别人往坏处想，以后再有这种事儿，她说不定还会上当。

果不其然，过了一会儿，邓娜过来要领邓芬去看看自己的意中人时，她又欣然跟着去了。

"你看，他长相不如你的那位英俊潇洒，"邓娜说道，"但是他却相当勇敢和无畏。"

"哦，你是怎么知道的呢？"邓芬问道。

"事情是这样的，最近一段时间以来，这个岛上的海鸥和野鸭没法过宁静安定的日子，因为每天清晨，天刚一亮就会有一只凶残的陌生大鸟飞到这里来，从他们当中叼走一只。"

"那是一只什么鸟啊？"邓芬问道。

"我们也不认识，"邓妮吞吞吐吐地说道，"以前在这个岛上从来没有见到过那只鸟，非常奇怪的是那只鸟从来不侵袭我们灰雁。现在我的意中人下了决心要在明天早晨同那只鸟决一胜负，这样可以把他从岛上撵走。"

"但愿他凯旋。"邓芬说道。

"唉，恐怕把握不大，"邓妮愁眉苦脸地说道，"如果我的意中人和你那位高大魁梧的雄鹅一样，那他肯定赢。"

"你的意思是叫莫顿去同那只陌生的大鸟打一架，把他轰走，是不是？"邓芬问道。

"正是这样，我正有此意。"邓妮求之不得地说道，"你真是帮了我的大忙啦。"

第十五章

就在离开岩石岛的那个早上，莫顿遇到了苍鹰高尔果，在与高尔果的较量中，他被抓伤了……

第二天清早，太阳还没出来，莫顿老早就醒了。昨天下午吐出了有毒的草根不久他就睡着了。半天一宿的时间，他早就休息好了！

莫顿觉得自己的体力已经恢复得差不多了，就叫醒了邓芬，拉着她到了稍远一点儿的地方，站在制高点上，边和邓芬说话，边为大雁们担任起四下警戒的职责。

不一会儿，他们看见一只黑色的大鸟从西边飞过来了。莫顿一眼就看出，那是一只苍鹰。

"他到这儿干什么来了？"莫顿碰了邓芬一下说。邓芬可吓坏了，她知道苍鹰的厉害，说："如果他是来袭击大雁的，那可怎么办哪？你和我加起来也不是他的对手，真打起来，我们肯定性命难保。"

莫顿说："你待在这儿，我来对付他，为了大家的安全，我是毫不畏惧的。"莫顿说完，还真表现出一副雄赳赳、气昂昂的样子。他准备随时还击苍鹰的挑衅。

苍鹰不是来袭击大雁的。他飞向水面，俯冲下去，抓住了一只海鸥，就要振翅飞去。

被抓海鸥的惊叫声以及其他海鸥四散逃命的狼狈样，激发了莫顿的勇气，他都忘了自己不是苍鹰的对手了。"我不能见死不救。"莫顿对邓芬说了这句话以后，就张开翅膀，朝苍鹰追去。

"喂，老鹰，你把海鸥放下。"莫顿对着苍鹰说，"我不许你在这里为非作歹，否则，今天就叫你尝尝我莫顿的厉害！"

"你是从哪里冒出来的？我抓海鸥，关你什么事？"苍鹰觉得奇怪，又说："不过算你走运，因为我从来不伤害雁和鹅，否则你今天就是自讨苦吃，非丢了性命不可。你给我躲一边儿去吧！"

听苍鹰这么一说，莫顿以为他是在取笑自己。就满腔怒火，腾空而起，朝着老鹰冲了过去。他咬住苍鹰的喉咙，并用翅膀扑打苍鹰，他使出全身的力气来了。

苍鹰见状，自然还手交战，但他没放下海鸥，更没拿出自己的真实本领，只是半真半假地挑逗着莫顿。他根本没把莫顿放在眼里，就像跟莫顿开玩笑似的。

就在莫顿和苍鹰交手的时候，尼尔斯还躺在阿卡的身边，正呼呼大睡呢！他睡得正香的时候，听到邓芬在叫他："拇指，不好啦，莫顿快被一只苍鹰撕成碎片了！你快起来，叫上大家跟我去看看，快走啊！"

尼尔斯听了，赶紧站起来，说："邓芬，你快驮上我，我们到莫顿和苍鹰交手的地方去。"

当尼尔斯和邓芬急急地来到水边的时候，莫顿真的被气急败坏的苍鹰抓伤了。他血痕斑斑、羽毛凌乱、呼哧带喘，样子狼狈不堪。尼尔斯救不了莫顿，他急着叫邓芬往回飞，要搬救兵去。

"邓芬，快，往回飞，我们快去把阿卡他们带到这儿来，看他们有没有办法，我们要快点制止这场厮打。快，快飞，莫顿快不行了!"尼尔斯高声喊道。

听尼尔斯这么一喊，苍鹰停下来了。他不再扑打莫顿，莫顿马上倒在地上，一时半会儿起不来了。

"喂，是谁在提阿卡的名字?"苍鹰问。这时，他看到了邓芬背上的尼尔斯，并且听到了大雁们由远而近的呼喊声。他挥了挥翅膀，准备飞走了。

"拇指，请您转告阿卡，刚才是一场误会。我万万没有想到，在这里竟会碰到她的手下，也不知道白鹅是她的同伴儿。"说完，他放下海鸥，矫健地飞去了。

尼尔斯惊讶地目送苍鹰离去。

大家围上莫顿去问长问短。邓芬哭着给莫顿包扎伤口。邓芬的父母和两个姐姐前来送行，没想到正赶上莫顿受伤，两只老灰雁真是难过极了。"好孩子，别害怕，你只是伤了外表，过几天就全好了。这点小小的挫折，对你来说不算什么，你的身体这么强壮，就更不在话下了。"看到父母难过的样子，邓妮和邓娜倒觉得高兴，因为他们本来就计划让苍鹰干掉莫顿呢!

为了让莫顿休息休息，阿卡修改了原来的计划，在岩石岛上多待了一个上午，午饭后才叫大家起飞，向前飞去了。

阿卡带领大家刚刚在空中飞行不久，就时断时续地听到微风送来海鸥们兴高采烈的歌声，歌词是："善有善报，恶有恶报，高尔果这个坏老鹰，常抓我们海鸥，如今也被马戏团捉住关起来了。真好，哎呀，真好。"大家听了，都不介意，或者只是置之一笑，而阿咔听了，却不住地发抖。

"你怎么了，阿咔？你身体不舒服吗？"尼尔斯因莫顿受了伤，由阿咔驮着，他的一举一动，尼尔斯都看得很清楚，所以才这样问道。

"不，我身体很好，只是我非常担心高尔果。"阿咔说。

"高尔果是海鸥在歌里唱的坏苍鹰，你担心他干什么？他跟你老人家沾亲带故吗？"尼尔斯问。

"其实我早就猜到了，今天清早，先抓海鸥，又袭击莫顿的肯定就是他！"阿咔说。

"你认识他？为什么他一听到'阿咔'两个字，就不扑打莫顿了呢？"尼尔斯不解地问。

于是，阿咔讲起了高尔果的故事。

她说："三年前，高尔果的父母被人捕杀了。出于善良和好奇，我就一直抚养着他。时间长了，我们之间就有了感情，这是一种难以割舍的亲情。我带着高尔果一起飞行，其他鸟都觉得奇怪，尽管我在高尔果身边，他们也都向他投来仇恨的目光。后来高尔果长大了，知道自己是一只真正的苍鹰，就告别了我，去过起了苍鹰的生活。当然他始终不忘我的哺育之恩，从不攻击大雁。"阿咔说这些话的时候语调低沉缓慢，似乎特别难受。

"我一定想办法去救他。"阿咔说，"是我亲手把他拉扯大的，不能让他就这样完了。拇指，你能帮我这个忙吗？"说到这时，阿咔转过头来，满怀期望地望了望尼尔斯，才又往前飞了。

"当然。"尼尔斯说，"只要我能帮上忙的话，我就一定帮啦！他是你的朋友，就是我的朋友，你说是吗？"

"那好！"阿咔说，"我们马上调整飞行方向，我们把你送到马戏团去，先救出高尔果再说。"阿咔说完，立即带着大雁们向马戏团所在的地方飞去了。

再说苍鹰高尔果，他被马戏团的人关进了笼子之后，两眼始终直勾勾地盯着远方，但他什么也没看，什么也没想，他特别绝望，不敢想今后的生活会是什么样子。

一天早上，高尔果又像往常一样，呆呆地在笼子里站着。忽然他听见有人喊他的名字："喂，高尔果！"但他还是照样无精打采，连眼皮都不愿意抬一下，他有气无力地问："是谁在叫我的名字？"

"怎么？高尔果，你的眼睛睁不开了吗？是我，我就站在你对面的地上，我是小人儿拇指。我们见过面的，你难道不记得了吗？我一直都跟阿咔他们在一起，这些你应该知道的。"尼尔斯说。

"难道阿咔也被人关起来了？"尼尔斯注意到高尔果说这句话时，显出了张皇的神色。

"他还真惦记阿咔，就跟阿咔惦记他一样。"尼尔斯想着，嘴里回答说："没有，没人把他关起来，她十分安全，她和她的同伴儿现在快到拉普兰了。"

"那你怎么在这儿？难道说你不跟他们一起游览了吗？"高尔果又问。

"为了节省时间，他们先飞走了。"尼尔斯回答，"我到这里来救你，救出你后，咱们用最快的速度去追赶他们就行了。"

"不要打扰我，拇指，你走开吧！"高尔果说，"你的到来会打断我的美梦，我不想醒来，还想接着做刚才的梦，我正梦见自己在高空中自由地飞翔呢！"高尔果虽进了笼子，但他骄傲的本性不改，他还不打算接受尼尔斯的帮助。

"你必须活动活动你的身子，再想想你自己的未来。"尼尔斯劝他，"不然你很快就会跟别的笼子里的苍鹰一样变得十分可怜。"

"我情愿跟他们一样，天天沉浸在梦中，就当什么事情都没有发生。"高尔果说。

尼尔斯见高尔果非常固执，就说："我真的是来救你的，你先想想再说同意或不同意。我先走了，免得被马戏团的人看见，那样就更麻烦了。"说完尼尔斯真的走了。

夜幕降临，所有在笼子里的老鹰都已经熟睡了。高尔果却醒来了，因为他听到罩着他们的笼子顶上的钢丝发出轻微的响声，他问："是谁在那里？是谁在顶上来回地走动着？"

"是拇指尼尔斯。"尼尔斯说，"我在这里挫钢丝。好让你飞走，这是阿咔吩咐的。"

高尔果抬起头来，在明朗的夜色中，他看见尼尔斯坐在那儿，正用力锉着。"一下，两下，三下……"高尔果小声地数着。数到五十多下的时候，高尔果想："我是一只苍鹰，拇指，你看我这大个儿，你要锉断多少根钢丝，我才能飞出去呢？"

想到这儿，他说，"拇指，你锉不完的，我劝你最好还是离开这儿，你让我安静会儿好了。"

"你睡你的觉。"尼尔斯说，"我尽量小声点儿，我今天干不完，还有明天呢！我一定要把它锉开，让你飞出来。"

后来高尔果真睡着了。早上他一醒来，就看见许多钢丝都已经被锉断了。他相信尼尔斯的力量了，他来了精神，张开翅膀，在笼子里跳来跳去，把已经僵硬的关节舒展开了。

两夜过去，到了第三天早上，太阳刚一露头儿，尼尔斯就把苍鹰叫醒了："高尔果，你试试，试试你从这儿能飞出来吗？"尼尔斯指了指笼子上方的大洞口说。

高尔果活动了几下翅膀，就试着向网上的大洞口飞去，终于，他成功地飞出来了。

高尔果出了笼子，张开矫健的翅膀，高傲地飞上了天空，他自由了。接着他来了一个俯冲，背起笼子上的尼尔斯，迅速地朝着拉普兰方向飞去了。

老鹰高尔果飞得又快又稳，似风驰电掣一般。尼尔斯坐在他背上高兴极了。虽然说话不便，因为他在上面，风声呼呼作响，高尔果说什么，他不一定都听得到，但他们两个此时已是心心相通，在心里都早已把对方当成朋友了。

尽管高尔果飞得不慢，但由于遇上雨天耽搁了两天，当他们赶到拉普兰时，先到达的阿咔他们已经开始孵蛋了。

看到雄壮的高尔果放下了背上的尼尔斯，阿咔激动极了，她抚摸着高尔果的头说："你长大了，孩子。你真长大了。是拇指主动去救你的，他是怎么把你救出来的？孩子，你谢过他了吗？"听到阿咔唠唠叨叨地跟高尔果说的话，尼尔斯和大雁们都觉得她就像是高尔果的亲妈妈。

高尔果也特别的高兴，他不断地回答阿咔和大家的问话。他还见到了莫顿，觉得怪不好意思的，但莫顿一开口就原谅了他，这使他更高兴了。

　　大家都请高尔果留下来，说大雁的住所就是高尔果的家，这里再也没有谁会敌视他。可是高尔果过惯了无拘无束的日子，坚持要走。阿咔也不强留他，只是叫他以后多注意安全，别再叫马戏团的人抓去，要好自为之。听了阿咔的嘱咐之后，高尔果就展翅飞走了。

在飞回南方的途中，大雁阿咔带尼尔斯见识
了一个宝藏，而苍鹰高尔果还带来了他父母的消
息……

经过了一个夏季之后，阿咔的队伍壮大了，在拉普兰的峡谷中，22 只雏雁长大了。时间过得真快，秋天悄悄地来临，天气即将迅速变冷，为此大雁们要飞回南方去了。

尼尔斯也非常想跟大雁一起飞回南方去，他离开家也整整一个夏季了，他非常想家，更想念自己的爸爸、妈妈，他恨不得一下子飞到南方去，飞回那个久别的家。

阿咔为这事又派阿满去找过小狐仙，小狐仙又提出了新的条件——把莫顿放在尼尔斯家里的菜板上，尼尔斯才能恢复原形。

"这不是要莫顿的命吗？与其这样，还不如继续跟大雁们一起旅行呢！"尼尔斯说。

尼尔斯主意已定，为了莫顿的安全，他不再提什么恢复原形，他又把对家、对爸爸、对妈妈的思念之情藏在了心中。

"向南方进发。"在阿咔发出号令后，大家终于起飞了。总数为 36 只的队伍，阵势不算小了。他们排成"人"字，快速地向前飞着。阿咔领头飞行，紧跟其后的是阿满、阿楠和大雁们，最后才是邓芬和莫

顿。大雁们的孩子共 16 只小雁，加上邓芬和莫顿的孩子，即亚克西、卡西克、科尔美和奈利亚、维茜和库西这三双儿女，共 22 只小雁，11 只飞在左边，11 只飞在右边。风吹得他们的羽毛呼呼作响，翅膀拍打着空气，发出嗖嗖的响声，连他们自己的叫声都听不清了。

小雁们从没经历过长距离的飞行，飞了一段之后，他们的体力不行了，力不从心，大声叫喊起来了："阿咔，阿咔，你停一下，你停一下。"他们可怜巴巴地喊着。

"什么事？"阿咔传过话来。

"大雪山来了，大雪山来了，我们的翅膀累得动不了啦，我们的翅膀累得动不了啦！"小雁们叫苦连天，都带上哭腔了。

"你们飞得越远，就越不会感到累。"阿咔传过话来以后，并没有放慢速度，而是像原来一样向前飞着。

当小雁们飞了两三个小时以后，就再也不抱怨累了，这证明阿咔说的话是对的。但是他们事儿可是真多，没过多久，他们又开始想吃东西了。

"阿咔，阿咔。"小雁们又凄苦地叫着。

"又有什么事？"阿咔传话来问。

"我们饿得飞不动了。"小雁们说，"我们饿得飞不动了。"

"你们应该学会吃空气，喝大风。"阿咔又传过话来指导着，她没有停下来，继续像原来一样飞着。这时，小雁们学着靠空气和风生活，飞行了一段之后，就不再抱怨肚子饿了。

就这样，小雁们的翅膀慢慢变硬了，南飞的旅程真正开始了。在南飞的旅途中，大雁们接连不断地碰到以前熟悉的老朋友们，他们彼此之间互相打着招呼。

"你们要飞到哪里去？"海鸥们问。

"我们要飞回南方去！"大雁们回答。

"你们那么多小雁，他们的翅膀完全硬朗了吗？"对方又问。"注意，他们那么脆弱的翅膀是飞不过大海去的。"

"谢谢你们的忠告。"大雁们回答，"我们会照顾他们的。"大雁们看见下面有鹿群，就往下飞行，并且招呼："谢谢你们今年夏天对我们的款待，明年夏天我们一定还到你们这儿来。"大雁们说。

"欢迎你们下次再来，祝大雁旅途愉快！"群鹿回答着。

大雁们看到地上有很多熊，老雁就对小雁说："快看下面这些熊，他们宁愿躺在家里睡上半年，也不肯到南方去。他们有多懒，你们千万别学他们。"

于是小雁们朝下面叫着："熊，熊，懒蛋懒蛋！"

大熊听到小雁的叫声，望了望上空，对自己的孩子说："快看那些大雁，冬天不敢待在北方，他们是那么怕冷，连一点儿寒冷都经不住。"

经过大片森林，大雁看到里面的小松鸡冻得浑身发抖，觉得他们要熬过冬天非常不易，于是喊道："小松鸡，快躲进你妈妈的翅膀里，那样就不特别冷了。"

小松鸡听了，望望上边，看见大雁喜气洋洋地向南飞去，非常羡慕，就问妈妈："妈妈，我也想往南飞，什么时候轮到我们小松鸡往南飞呀？"

"你们要跟妈妈、爸爸在一起，你们要待在这里，这里就是你们的家。小松鸡，你是不能学大雁往南飞的。"

"就学，就飞，我要，这里太冷了。"小松鸡生气地回答着。

尼尔斯看到大雁和其他动物如此友好，如此和睦相处，心里乐滋滋的。"真有趣，我愿意就这样和大雁们在一起，永远旅游，从南到北，从北到南，绕瑞典一周。"尼尔斯想到这儿时会心地笑了。

一天夜里，大雁们在一个小石岛上休息。近半夜三更时，老阿咔醒来了，她叫醒了邓芬和莫顿的孩子亚克西和卡西克、科尔美和奈利亚、维茜和库西。最后她又用嘴捅醒了尼尔斯。

"什么事?"尼尔斯不解地问，边说边站起来了。

"没什么大事。"阿咔说，"我们要到海上去一趟，你同我们一起去如何? 有兴趣吗?"

"到海上去，好啊!"尼尔斯马上答应了。他知道如果没有什么重要事情的话，阿咔是不会安排在半夜的。他马上骑到阿咔的背上跟他们去了。

阿咔带着大家往西飞去，一直飞到了远离海岸的维德尔群岛。飞行中，尼尔斯就看到其中有几个岛很大，阿咔并没在大岛上降落，而是选了最小的岛落下。尼尔斯看到，这个最小的岛其实是一块大花岗石，花岗石的中间有一道很宽的裂缝，缝里堆积着白色的细沙和贝壳。尼尔斯从阿咔的背上刚滑下来，就发现身边有一只很大的猛禽在熟睡着。但是，阿咔他们丝毫不惧怕。再细看看，那只猛禽醒了，并往他们跟前跳着。

"是苍鹰高尔果，你原来是住在这岛上的，见到你真高兴，你好吗?"尼尔斯说这些话时，真是高兴得很哪!

"我很好，你们大家都好吧!"高尔果说。

"这件事你办得不错，高尔果。"阿咔说，"你真棒，你比我们路近的到得还早许多!"从阿咔的话里尼尔斯听出，他们似乎事先约好了什么事情。

"我也是天刚擦黑儿到这里的。"高尔果说，"真抱歉，你让我办的那件事，我办得一点儿起色都没有，这真让我烦透了。"

"你先别这么说。我敢肯定，你一定尽力去办了，并且办得也不会太差劲儿的，只是你不愿意炫耀自己的功劳罢了。"阿咔说，"不过，我先请大家看一样东西。作为见证，请拇指把埋在这个岛上的宝贝挖出来好了。"

"什么东西这么神秘？我早就想问你，为什么这几天我们离开了原来的飞行路线来到西海呢？"尼尔斯说。

"事情发生在 10 年以前。"阿咔说，"当时我还年轻，我们几只大雁在春季迁徙时，途经海上，突然遇到狂风大雨，风雨交加，把我们几个卷到了这里。我们在这个石岛上被迫停留了好几天。我们实在饿得难受，只得在这个岛的唯一裂缝中寻找吃的东西。但裂缝中连一根草都没有，吃什么呢？我不甘心就那样算了，就用嘴啄沙土，看看里面是不是可以找到一点儿能吃的东西。啄来啄去，啄到几个捆扎得严严实实的布袋，'这布袋里装的是粮食就好哩！'这样一想，啄起来就更来劲儿了。扯来扯去，扯破一个袋子，从里边滚落出来的不是小米、高粱什么的，而是闪闪发光的金币。金子虽贵重，可那要看对谁而言，对于我们大雁来说，那是不顶东西吃的。因此我们就原封不动地把它装好，还是饿着肚子走了。这些年来，我几乎都要把它们忘掉了，因为总想着些毫无用处的东西做什么呢？但是今年秋天，我又萌生了找回这些金币的想法，所以我们才趁夜深之时把你带到这里，目的是想让你帮忙看看这些金币还在不在这里。"

尼尔斯听了，不再多问，纵身跳进大裂缝里。他两只手开始挖沙子，挖了很长时间，并没有发现什么袋子，只是挖到了一枚金币。他用双手往下插，再往下摸，摸到里面有很多这样的金币，原来阿咔所说的金币还在这里面呢。

尼尔斯爬回裂缝上面，对阿咔说："沙子里面没有什么袋子，我估计时间太久，都烂了，于是金币都散在沙土里了。我相信所有的金子还都在裂缝里面。"

"好极了。"阿咔说，"把坑埋上，用沙土盖好，不要让别人看出这里有动过的痕迹。"

尼尔斯依照阿咔的吩咐，很快把金币埋好了。当他上来后，却发现阿咔领着6只小雁，在他面前一字排列，样子十分庄重，跟鸡啄米一样，不停地向他点头鞠躬呢！尼尔斯见了，惊慌极了，赶紧还礼，一样鞠起躬来了。高尔果站在旁边看着他们这个样子，逗得把脸背向后面，偷着笑去了。

尼尔斯还没来得及再想别的，就听阿咔又说了："事情是这样的，我们一致认为你为大家做了许多大事，非常了不起，应该进行奖励。"

"不是我为大家做了什么，是大家一直在照顾我，不是跟你们在一起，我还真没办法面对人类呢！"尼尔斯十分诚恳地对阿咔他们说。

"我们还认为，"阿咔又说，"如果有一个人能在整个旅途中一直跟我们结伴而行，并且与我们成了真正的朋友，我就不会让他一无所获地离我们而去的。"

"我知道，"尼尔斯说，"从春天到现在，半年多了，我一直和你们结伴而行，我不认为我现在一无所有，我从你们身上学到了比金币更宝贵的东西，我觉得我已经很富有了。"

"尽管这样，我还是要把这些金币送给你，从今往后，你就是它们的真正主人了，找个合适的时间把它挖出来，拿回家去吧!"阿咔说。

"我真的不需要这些金币，阿咔。"尼尔斯说。

阿咔说："你不要再拒绝我，你在拒绝我之前最好先听听高尔果说什么。我让他到过你的家里，你的爸爸、妈妈需要这些金币，你真的需要把这些金币送给他们，他们的日子比你在家时还难得很呢!"

"我的家里出什么事了?"尼尔斯关切地问。

高尔果说："我到过你们家里，当然我找到你们家没费多少周折。我在你们家院子上空来回地盘旋了足足有大半天的时间，才看见小狐仙从房子里走出来，我立刻低冲下去，把他带到院子外边的空地上，为的是单独和他交换意见，不受任何干扰。我对小狐仙说，我是受大雁领袖阿咔的派遣来问他，能不能给尼尔斯换个条件的?"

"他是怎么回答你的呢?"尼尔斯急切地问。

"'我尽力吧! 因为我听说，他在旅途中表现很不错。'我说，'如果他不答应给你换个更好的条件，我就要啄瞎他的双眼。''你可以随心所欲'，他说，'至于尼尔斯，他必须把莫顿带回来，等到莫顿被放到他家的菜板上，他就可以恢复原形了。'他又说，'你还可以转告他，他最好尽快回家来，他的爸爸、妈妈已经被迫卖了家里的奶牛，他家的日子过得很艰难，如果再得不到他的接济的话，那么就只好背井离乡，逃难到别处去了!'"

听到这儿，尼尔斯紧紧地锁住眉头，把拳头攥得紧紧的。他对大家说："那个小狐仙真是个冷血动物，他提出了这种苛刻的条件，而且不打算变更，使我不能回家去帮助爸爸、妈妈共渡难关。但是我绝不会成为那种背信弃义的坏蛋，我不会牺牲我的朋友莫顿来换取全家人的安宁生活，为了莫顿的平安，我宁愿不再恢复原形。"尼尔斯说得那么坚决，大家的眼睛里都流露出无比敬佩的神色。

阿咔又问："那你的爸爸、妈妈怎么办呢？他们现在真的很需要你回去的！"

"我的爸爸、妈妈都是正直而善良的人，我相信他们宁愿不要我的帮助，也不愿意我昧着良心回到他们的身边。这点请你放心好了。"

"谢谢拇指大伯，你宁愿放弃自己恢复原形的机会，宁肯放弃全家人的幸福也要保住我爸爸的生命，真是太让我们感动了。我们还想请你再考虑一下小狐仙提出的条件，如果你想答应他还来得及，你也是迫不得已的，我们不会怨恨你，就是我们的爸爸提前知道了这件事，他也会原谅你的。你再考虑一下吧！"莫顿和邓芬的长子亚克西认真而严肃地说。

"谢谢你，我的好孩子。"尼尔斯说，"我主意已定，我不回家，我们还是回到那个小石岛上去，要不回去晚了，其他大雁醒来看不到我们，会担心的，还得四处来找我们。至于高尔果，"尼尔斯又说，"谢谢你不辞辛苦到我家去，谢谢你为我提供了我家里的消息。如果不嫌弃，你还是跟我们回去吧。"

高尔果听了，说："你的真诚令我感动，我决定不跟你们回去了，你们路上多加小心。我想你们时自然会找你们去，你们有事尽早告诉我，我一定会更尽心尽力的。阿咔，你老人家多多保重，大家多多保重，高尔果在此告别了！"说完，他抖抖翅膀，腾空而起，箭一般地向北飞去。

阿咔也就驮上了尼尔斯，带着莫顿和邓芬的 6 个孩子，一起飞回小石岛去了。

跟随大雁飞回了南方，尼尔斯终于见到了久别的父母。可是爸爸妈妈却要杀掉莫顿和邓芬，这可怎么办呢？

早晨，阿咔站在斯可罗普教堂里，看着弥漫的大雾说："俗话说'早雾晴，晚雾阴'，看来我们将有三个好天气。等会儿雾散去之后，我们争取在三天之内飞过波罗的海去。"

"嗯……嗯……这主意我赞同。"尼尔斯站在阿咔附近，一阵哽咽，没有再多说什么。阿咔看得出尼尔斯有心事，他知道他想摆脱魔法，重新变成真正的人，只是他不好意思说出口，不好意思为此事而伤害了莫顿。

"这儿离你家很近。"阿咔说，"我想，你还是趁有雾这段时间回家看看，过家门而不入，这种做法对你们人类来说真是太残酷了。到家之后，你如果不愿意待在那儿，还可以再回来跟我们在一起嘛！"

"唉！最好还是别回去……"尼尔斯无精打采地拖着长声，有气无力地说。

"莫顿和阿满、阿楠他们留在这儿，他不回去，就不会有任何危险的。"阿咔说，"我觉得你还是应该回家一趟，看看你的爸爸、妈妈，了解一下他们的日子过得是不是真的如高尔果所说。就算你不能变回原来的形状，你也可以想办法来帮帮他们。拇指，你说我说得对吗？"

"你说得对，经你一说，我才明白了这个理儿。"尼尔斯说，"要不你陪着我去走一趟？"

"这就对了，拇指。"阿咔说，"阿满，我带拇指回他家一趟，你们要关照好莫顿，注意他的安全，听到了吗？"

"是，你们放心去吧！"大雁们都跟阿满一起回答道。

于是阿咔驮着尼尔斯朝他的家飞去。没用多长时间，阿咔就降落在尼尔斯家石头围墙的外面了。尼尔斯仔细看了看四周，对阿咔说："你说奇怪不奇怪，这里同以前一模一样，什么变化也没有呢！"又说，"你知道吗，我和莫顿就是从这围墙里面起飞的。时间过得真快，一晃就是半年多，可是我却觉得好像这件事就发生在昨天似的。"

"一会儿你就推门进去，我就不在这围墙外边等你了。"阿咔说，"不过，你要记住，你明天早晨务必到海滩去，我们在那儿和你会合。你离开家很长时间了，今天晚上你就睡在家里好了。"

"不！阿咔，我不叫你走，你要是不在这里等我的话，那我就不进去了。"尼尔斯边说话边把准备推门的手臂放下，他又想跟阿咔回去了。不知道为什么，尼尔斯有个不祥的预感。那就是这一次阿咔把自己送回家，就不能再跟阿咔他们在一起了。

"阿咔，你看得出来，刚才我是因为不能变回原形回家而苦恼过。"尼尔斯解释说，"不过跟你一道去漫游，到现在为止我一点儿也没后悔过，一直认为很不错。换句话说，我宁可永远不变回原形，也不愿你把我丢在这里，不再带我继续去旅行。"

听到这儿，阿咔长长地吐了一口气，然后慢条斯理地说："有一件事我早就想跟你推心置腹地谈一谈，只是没有合适的时机，今天到了你家门口，我想是时候了。"

"你说吧，我听着呢!"尼尔斯非常认真地说。

"拇指，我想过，在这次环瑞典旅行中，你从我们身上学到了一些东西，进一步说，由于你聪明、有才智、自觉，你学到的东西可以说还真不少呢!比如，你认识到不应该把所有好的东西都占为己有，应该为他人着想等，都是思想上的收获。你说对吗?"见到尼尔斯不断地点头，阿咔又说，"你应该懂得，人类把整个地球都占为己有，这种行为也太霸道了。不信你想想看，你们人类若拥有全部土地的话，我们这些飞禽走兽就无处落脚了。你们人类完全可以让出几座人迹罕至的荒山，让出几座光秃秃的岩石岛，让出几个浅水湖和几片潮湿的沼泽，让出几片偏僻的森林，作为我们的立足之地，让我们也过上几天安定的日子。而且我这大半辈子随时随地都担心遭到人类的追逐，受的威胁可太多了。假如有一天你们人类良心发现，能明白像我这样的一只大雁也需要有个安身的地方就行了。"尼尔斯看出阿咔在说这些话的时候，神情无比庄重和严肃。

"假如我是传声筒，我一定把你刚才说的话传播出去，让全世界都知道这个极其容易满足的飞禽的小小的心愿。"尼尔斯说，"我非常愿意帮助你们，可惜我的力量过于薄弱了。不过你放心，为了你们的事，我愿意从自我做起，从现在做起，我会尽我的微薄之力。"

"好啦，我们别再说这些了，好像我们在此一别，就永远不会再相见似的。"尼尔斯看得出，阿咔在说到这些话的时候，表面上故意装得满不在乎，内心里却充满了真挚的感情。这时阿咔又说:"不管怎样，我们明天还会见上一面的，你赶紧回家去，我也要马上回到大雁们住的斯可罗普教堂去，时间久了，他们也会不放心的。"说完，阿咔张开翅膀飞走了，刚飞出没有多远，她又飞回来了。她用嘴把尼尔斯从上至下抚摸了好几遍，然后才恋恋不舍、一步一回头地离去了。

尼尔斯推推大门，不行，力气太小，还真推不动呢！幸亏他个子小，从门缝就能挤进去，这才解决问题了。

尼尔斯快步进了院子，首先映入他眼帘的是墙边的玫瑰花。尼尔斯一见立刻跟它打起招呼来。"喂，你好，玫瑰！"没等对方回答，尼尔斯就跑到牛棚门口，看了看里边，空荡荡的，没了奶牛黑花和白花，就又跑回来问："玫瑰，请你告诉我，我爸爸、妈妈都好吗？他们什么时候卖了黑花和白花？家里原来的动物，比如猫啊、鸡啊、猪啊什么的都哪儿去了？我特别想知道，玫瑰，求你快点儿告诉我吧！"

突然听到尼尔斯说话的声音，玫瑰不禁一愣，接着，又瞅了瞅他。它觉得尼尔斯外表没变，还跟离开家的时候一样矮小，身上穿的跟原来一样，仍然是短裤长袄，而他的精神状态却跟原来大相径庭了。春天在家里的时候，尼尔斯走起路来脚步沉沉的，说话的时候是有气无力的，两只眼睛大而无神。现在，也就是秋天，重新回到家的尼尔斯，走起路来脚步轻盈，说起话来铿锵有力，两只眼睛炯炯有神。虽然他还是那么小，小得跟拇指一样，但是却有一股让人肃然起敬的感觉，让人觉得他气宇轩昂。

于是玫瑰回答说："尼尔斯，大家都传说你在外边变化很大，原来我还真不信呢！真是'百闻不如一见'哪，刚刚见面，听到你刚说了几句话，我就相信了。喂！差点儿忘了说了，尼尔斯，欢迎你回到家里来，欢迎你回到家里来，说真的，我已经有很长一段时间没有这样高兴地畅谈了。"

"谢谢你，玫瑰！"尼尔斯问，"我的爸爸、妈妈他们到底怎么样了，他们好吗？"

"哎！怎么说呢！自从你离开家以后，他们倒霉透了，真是事事都不顺心！"玫瑰告诉尼尔斯，"先是你爸爸用家里的全部积蓄买了一匹马，后来，又发现这匹马不能干活儿，你爸爸又不愿意开枪打死他。现在想卖了他，却又没人买，白白吃了一个夏天的草料，最后竟把卖黑花和白花的钱都吃掉了。"玫瑰说，"你可以自己到马厩里去看看，你到那儿一看就明白了。"

尼尔斯告别了玫瑰，心急如焚地朝马厩走去。他看到里边有一匹膘肥体壮、根本不像是有病的好马。他说："你好！刚才我听玫瑰说，有一匹马病得不能干活儿，不会是你吧？因为看上去你的精神很好，身体强壮，就跟没病一样啊？"

那匹马朝尼尔斯看了看，说："请问，你就是这户人家的儿子——尼尔斯吗？看上去你很善良。以前，总是听大家说，你因为调皮捣蛋被小狐仙变成小人儿了。我想这对于你，一定是一桩特大的冤案了。"听起来，那匹马说话有条不紊。

"我很清楚，我以前在家里留下了很坏的名声。"尼尔斯坦白地说，"不过这些对我来说都是无关紧要的。我只是回家看看而已，马上我还会走的。"尼尔斯又接着刚才的话题说："不过，在我走之前，我还是想知道，你到底得了什么病？有可能的话，我会帮你把病医治一下。"

"咳，咳，咳，你很快就又要离开家里，这真是太可惜了！"那匹马长叹了几声，说，"从一见到你开始，我就把你当成我的朋友了。

其实我并没有多大的病，只是蹄子上切了个口子，口子里插入了一个片状的硬东西，插得很深，口子虽长好了，但硬东西藏在了里边，害得我不敢着地。连兽医都没找到病因，但是我自己知道，我不能动，一动就钻心地痛，要想干活儿，根本不可能。"那匹马还请求说，"尼尔斯，你留下来，把我的病因告诉你爸爸，我的病就能立即治好，不久我就能跟正常的马一样，我会去架车、拉磨，会干任何活儿。你不知道，我天天吃东西却什么都不能干，还害得你爸爸把两头奶牛都卖了，我真感到无地自容了。"

"原来你并没什么大病，这真是太好了。"尼尔斯说，"我看用不着告诉爸爸，先让我来试试看。如果我现在能把你蹄子里的东西取出来，也就省事了。"

因此尼尔斯在马蹄上用小刀划了一个口子，口子的尽头露出了那个硬东西，看起来是一小块铁片。尼尔斯刚要把那块铁片拔出来，就听见院子里有人在说话，往外一看，原来是他的爸爸、妈妈从外边进来了。尼尔斯赶快住了手，躲在马棚里，留意观察着爸爸、妈妈的动静。

尼尔斯看到，虽然只过了半年多一点儿的时间，可爸爸、妈妈看上去像老了好几岁。妈妈的脸上又增加了许多皱纹，爸爸的头发变白了许多。这时尼尔斯听到妈妈在劝爸爸："喂，我说，一会儿你还是到你姐夫家去借点儿钱吧，明天我们又要没吃的东西了。"

"不行，我不能再向他借了，你也知道，我已经向他借过两次了。"爸爸说，"依着我，咱们欠了这么多的债，还又还不起，干脆把房子卖了逃难去算了。"

"把房子卖掉，这事我也想过，对我们两个来说也许没有什么！"

妈妈长叹了一声，又说："要不是为了尼尔斯，我是不会反对的。说不定他过不了多久就会回来了。他回来时，一定身无分文，疲惫不堪。如果我们不在这里住了，你让他到哪里去找我们？让他到哪里安身？那时他又得离家出走到处流浪了！"

"是啊，你说得不错。"爸爸说，"我真希望尼尔斯早日回来，不管他回来时是个什么样子。我们不要再嫌弃他，我们应该多给他点儿温暖和关心，你说是这样吗？"

"一点儿不差。等尼尔斯一回到家，我就想问问他在外边是不是挨过饿、受过冻什么的，其余的话我什么都不说了。我真想现在就能见到他。"妈妈说。

爸爸、妈妈一边走一边说，一会儿就进屋里去了。尼尔斯此时真是又激动又高兴，他恨不得一下子扑到爸爸、妈妈的怀里去。"可是爸爸、妈妈看到我现在这个样子，肯定会难过的。与其这样，还不如不见他们呢！"尼尔斯想到这儿，两只脚自然就没能挪动多少，他真不知道自己到底该怎么办才好！

就在这时，院子里又有了动静，尼尔斯看到莫顿领着邓芬和 6 只小雁飞回来了，"看起来莫顿也跟我一样，穷家难舍，他还是冒着被砍头的危险回来了。"尼尔斯想着。

"到这里来，你们先到这里来，你们看看。"莫顿刚一落地就大呼小叫，"这里是我以前住的地方，这里跟我们露宿的草地可不一样。"莫顿在前面开路，邓芬和 6 只小灰雁跟在了后边，他们朝鹅住的栅栏走去。"来，你们都来看一看，我在跟随大雁去漫游以前，住的地方有多么舒适啊！"

莫顿又说："你们看，这栅栏的门口有食槽，以前食槽里总是盛满燕麦和清水。"他说起以前，眉飞色舞，"看，食槽里现在还存有以前我吃剩下的燕麦呢！"说到这儿，他就跑到食槽那儿大口大口地吃起燕麦来了，边吃还边说："邓芬，你和孩子们也吃点儿啊！这燕麦的味道是不是很不错？"

邓芬听了，觉得很烦，"莫顿，你听我说，我们赶紧带着孩子出去，你快别吃了，耽搁久了，我害怕我们会有生命危险。"她央求说。

"好的，我再吃几口就走。"莫顿说完又吃起来，像再也吃不到这么好吃的东西似的。

"不好。"躲在马棚里的尼尔斯差点儿喊出声来，就在这时，他看到不知什么时候妈妈已经站在栅栏的门口，"叭"地一声把门关上了。莫顿的全家都被关在里边，并被赶到窝里去了。

于是妈妈兴冲冲地朝着屋里高声叫道："喂，老头子，快来看，你看我把什么关到鹅窝里边了！"

"别急，我这就来。"爸爸一边答应，一边从屋里出来了。

"嘻，嘻，嘻，我们时来运转了。"不等爸爸到了跟前，妈妈又赶忙介绍说，"春天，不是从我们家飞走了一只大白鹅嘛，现在他自己回来了，他还引来了7只大雁，而今都被我赶进窝里了，他们想逃都逃不掉了。再过三天，就是圣·马丁节，我想我们现在就把他们一个一个地掏出来宰了，到时候拿到城里去卖。"

"等等。"爸爸拦住了正要去鹅窝里掏莫顿的妈妈，说，"你听着，我们不应该把大白鹅给杀了，他引来了7只大雁，他是有功劳的。要我说，我们应该养着他们才对。"

妈妈却有自己的看法，说："可是，再过些天，把这儿的东西全部处理完了，我们不是想逃难去吗？连猫、鸡、猪、牛都卖了，却单独留下鹅和大雁？带着他们，我们怎么能走得动呢？"

"嗯，这倒是真的。"爸爸说完，倒先进了栅栏里，朝鹅窝奔过去了。又过了一会儿，他们从栅栏里走出来。尼尔斯看到爸爸左手提着莫顿，右手提着邓芬，妈妈空着两手跟在后边，要回屋里去了。

"拇指，拇指在哪儿？你快来救我们，你的爸爸、妈妈要把我和邓芬杀了。"尽管莫顿不知道此刻尼尔斯就在马棚里，他还是按着惯例，在遇到危险时，向他求救了。

"拇指，我们在屋里，你快来呀！"邓芬也喊叫开了。

听到这儿，尼尔斯再也待不住了，他飞快地冲出了马棚，跑过了庭院，直奔到屋的门口来了。他习惯地脱下鞋，光着脚站在了门口，却没马上推门进去，因为他实在不愿意以现在这副模样去面对爸爸妈妈。

接着从屋里传出来的是妈妈放菜板的声音，"这是莫顿他们生死攸关的时候了，我怎能见死不救呢？"尼尔斯一想到这些，心头一颤，又想，"自从我离开家的那一天起，莫顿就是我最知心的朋友，我不能为了自己的脸面，就置莫顿全家的性命于不顾，我要进屋去！"于是尼尔斯终于克服了心底的畏难情绪，用尽全身力气推开了门。

"吱扭，吱扭扭"，随着门响，传来的是爸爸的声音："哦，是谁？谁在门口站着？还不快进来坐坐。"妈妈听了，走了过来，把门打开了。

"爸爸，你千万不要杀了大白鹅！"尼尔斯急切地想为莫顿和邓芬求情。这时爸爸刚踩住莫顿和邓芬的双腿，按住了脖子，举起刀正要往下砍呢！

妈妈听了，惊叫了一声："哎呀，我的孩子，尼尔斯，你终于回来了！你可比以前高多了，也比以前好看了！"她又招呼爸爸，"老头子，快过来，咱们的尼尔斯回来了！"

爸爸听了，放开了莫顿和邓芬朝门口走来，"儿子，欢迎你回家来！我跟你妈妈刚才还在担心着：如果我们逃难去了，你会找不到我们呢！"爸爸哽咽着说。尼尔斯仍不安地站在门口，他不明白，看到他这样子，爸爸、妈妈怎么还会激动成那样？

这时妈妈走了出来，张开双臂把尼尔斯搂住，拖进屋里去了。尼尔斯进屋前，看到莫顿和邓芬趁机溜出了屋子，找他们的孩子们去了。到了屋里，一照镜子，尼尔斯才发现自己不但恢复了原形，还比原来长高了不少。

"爸爸、妈妈，我变大了！我再不是拇指大的小人儿了，我太高兴了！"尼尔斯高声叫着。跟爸爸、妈妈亲热了一阵子之后，尼尔斯把那匹马的病情跟爸爸说了。他们一起来到了马棚里，尼尔斯从马蹄里拔出了那小块铁片。爸爸望着尼尔斯，高兴地说："尼尔斯，你能回来真是太好了，你一回家，马的病就治好了，如果我们再苦熬一段，就能在此渡过难关，我们就不用到别处逃难去了。"

"是啊！我们还住在这儿，不搬家了。尼尔斯，你真是太幸运了，你一回来那匹马就能干活儿了，大白鹅还带回来7只大雁，我们也不用杀他们了，把他们养起来，我们家里的动物跟以前相比，从数目上看，也差不了几个了。"妈妈高兴地说。

"爸爸、妈妈你们听我说，我这儿还有更高兴的事呢！"尼尔斯跟着爸爸、妈妈把莫顿和邓芬赶进栅栏后又说。

"你还有什么让人高兴的事？你快说给我们听听，我们都要等不及了。"爸爸半开玩笑半认真地问。

于是尼尔斯把自己如何跟着阿卡的雁群漫游了全瑞典的事简要地跟爸爸、妈妈说了。看到爸爸、妈妈目瞪口呆的样子，尼尔斯又把维德尔群岛最小的岛藏着金币的事告诉了爸爸、妈妈，并说明天早上再见过阿卡以后，他们全家就可以去岛上把金币挖出来。

"爸爸、妈妈，我们不应该把金币都占为己有，那么多的金币，我们是花不完的。我想用这些金币买下几座荒山，买上几个岩石岛，买下几片沼泽地，买上几片森林，把它们留给那些飞禽走兽，让他们拥有自己的驿站，自己的家园，与我们人类也和平相处。"尼尔斯问，"爸爸、妈妈你们都同意吗？"

听了尼尔斯不同凡响的见解，爸爸、妈妈太开心了，他们说："好儿子，你说得对，你变善良了，知道怎样去为动物着想了，我们高兴还来不及，怎么会不同意呢？"

这天夜里，尼尔斯住在了家里，他睡得再香甜不过，一会儿就酣然入梦了。

第二天一早，天还没亮，尼尔斯就起了床，穿好了衣服，告诉正在准备早餐的爸爸、妈妈一声："我出去一下，回来再吃早餐。"说完，他就匆匆走了。

尼尔斯来到了海边，来到了斯密格渔村的东边海岸，站在了最为显眼的地方，等待和阿卡及她的大雁群见上一面。

等了不久，一群大雁飞过来了。尼尔斯擦了擦双眼，看不清楚，"怎么，我的透视眼哪儿去了？我怎么看不清是谁的队伍？"尼尔斯边想边尽力往上观看。还是看不清，但他模糊地觉得，这群大雁飞得特别矫健，他们的鸣叫声也特别响亮。

大雁们在尼尔斯头顶的上空放慢了飞行速度，并且盘旋不停。尼尔斯数了数，12 只老雁，16 只小雁，他立刻明白了，这就是阿咔的雁群，特地来这里和他相见。

尼尔斯想跟从前一样，用力唤阿咔，呼阿满，叫阿楠，可是不知怎么他的舌头就是不听使唤。他猜测，也许是从变回原形的那一刻开始，他就再也不会说鸟的语言了。

尼尔斯听见阿咔在空中鸣叫，可是却听不懂她在叫些什么了。"这是怎么回事？难道我变了，阿咔她说话的词语、腔调也都变了不成？我怎么就听不懂她在说些什么了呢？"想到这儿，尼尔斯心里一片茫然，他急得手足无措了。

这时尼尔斯彻底明白了，自己再也没有办法叫阿咔他们降落在自己跟前，他自言自语着："人是不会说鸟语的。不是吗，我现在变成了真正的人，我就不会讲鸟语了。人是听不懂鸟语的，我可真不愿意这样。这不，阿咔他们认不出我，还不降落，我都没有办法叫他们，真把我急死了。"说到这儿，尼尔斯掉下眼泪来了。

后来，还是领头雁阿咔看清楚了，那个站在斯密格渔村东面海边的唯一的少年，就是尼尔斯。虽然他高了许多，个子跟成年人似的，但是他的五官没变，眼睛、眉毛等也还是老样子。

"赶紧降落在少年跟前。"在阿咔发出了信号后，先是阿满、阿楠，然后是其他老雁，最后是小雁，一个接着一个地降落在了尼尔斯身边。分别只有一天一夜的时间，但对大家来讲，却好像过了一年。

大雁们围成了圆圈，把尼尔斯围在了中央，尼尔斯和大雁们一样，喜出望外，连蹦带跳，欢呼起来了。

"喂，大家好！我是尼尔斯，我昨天回了家，莫顿、邓芬，还有他们的 6 只小灰雁都很安全，我现在恢复了原形，真是感谢上帝。我想你们一定跟我一样为此而高兴。谢谢大家前来看我，谢谢阿卡亲自送我回家。没有你们，我就没有今天，我在这儿给大家作揖了!"说完这一大段话，尼尔斯便作起揖来。先拜阿卡，拜了三拜，再拜阿满、阿楠，一个接一个，他都不落下，过了很长时间，才全部拜谢过了。

阿卡他们神色惘然，很显然，他们并没有听懂尼尔斯都说了些什么。但从他不断拱手的动作中，他们看得出来，尼尔斯是在感谢他们在旅行中对他的收留、帮助之情。

尼尔斯把阿卡紧紧地搂在怀里，生怕谁把她抢走似的。其他大雁走上前来，用嘴在尼尔斯身上摩来擦去，他们在尼尔斯身边挤来挤去，还叽叽喳喳地说个不停，尽管尼尔斯全然不懂，但他感觉到他们是在祝贺自己恢复人形。想到这儿，尼尔斯特别激动，眼泪像断了线的珍珠从眼眶中滚落下来。

过了很久，大雁们一个接一个地安静下来了。他们从尼尔斯的身边，往后退缩，退到了十几步以外的地方，就好像他们突然提高了警惕一样。好像心里在想："要小心点儿，他现在已经不是从前的拇指了，他是十四岁的尼尔斯，他是一个真正的人，他不再了解我们，我们也不再了解他了。当心，千万不能让他伤害到我们，我们还是快躲着他点儿才行。"

尼尔斯不知道大雁们后退是什么意思，他只是觉得他们该起飞了，他们和他分别的时刻到了。于是他直起身从怀里拉出了阿卡，并且无限深情地抚摸着她的羽毛，又轻轻地拍了拍她的头顶。

"再见! 阿卡!"他又追过去抚摸过阿满、阿楠及所有的大雁和小雁。"再见! 我的同伴儿!"尼尔斯说，"等到明年春天，你们再飞往北方之前，我要为你们买下荒山、岛屿、森林、湿地，使你们能自由自在地休息，旅行之余，想住在哪里就住在哪里！再见！再见！所有的大雁和小雁，再见！"

尼尔斯狠下心迈开大步离开海边，向家的方向走去；但是刚走不远，他又回转过身，抬头望着天空，望着那些朝着大海飞去的鸟群，尼尔斯听到别的鸟群飞行中都伴有鸣叫声，唯独阿卡的雁群默默无语。

尼尔斯看到只有阿卡的雁群排列对称，一会儿飞成个"人"字，一会儿又飞成个"一"字，在天空中盘旋，久久不愿离去。

最后，阿卡的队伍排列整齐地飞走了。尼尔斯目送他们远去，心里无限惆怅，他多么希望能再一次变成小人儿，再一次跟着雁群飞过陆地和海洋，自由翱翔啊！